BIBI TATTO

O diário de Bibi

Por que a adolescência é a melhor/pior fase da vida?

OUTRO Planeta

Organização de conteúdo: Bianca Briones
Preparação: Elisa Martins
Revisão: Maria Aiko Nishijima e Mariane Genaro
Projeto gráfico e diagramação: Márcia Matos
Capa: Rafael Brum
Imagem de capa: Luiz Ipolito

Dados Internacionais de Catalogação na Publicação (CIP)
Angélica Ilacqua CRB-8/7057

Tatto, Bibi
O diário de Bibi : por que a adolescência é a melhor/pior fase da vida? / Bibi Tatto. -- São Paulo : Planeta do Brasil, 2018.
160 p.

ISBN: 978-85-422-1365-2

1. Tatto, Bibi, 2003 - Diários 2. Adolescentes – Diários 3. Literatura infantojuvenil I. Título

18-0918 CDD 028.5

2018
Todos os direitos desta edição reservados à
EDITORA PLANETA DO BRASIL LTDA.
Rua Padre João Manuel, 100 – 21º andar
Ed. Horsa II – Cerqueira César
01411-000 – São Paulo-SP
www.planetadelivros.com.br
atendimento@editoraplaneta.com.br

Mano do céu, como inicio isto?

Tudo começou quando a professora de literatura e o professor de artes se juntaram. Calma, calma que o famoso ship #Malícia ainda não é real. O professor Matheus continua namorando a chata da professora de matemática e estragando os nossos planos de uni-lo à professora Felícia.

O que aconteceu foi que os dois se juntaram (profissionalmente) e decidiram passar uma tarefa pro próximo ano. É, eu sei. Devia ter uma lei proibindo os professores do oitavo ano de passar lição pra um nono ano que nem começou ainda.

Como ninguém criou a lei, teve lição e aqui estou eu, no primeiro dia do ano, escrevendo a primeira página deste diário. Segundo o casal #Malícia, é uma tarefa que deve durar o ano inteiro. Isso é permitido, por acaso?

Eu dei uma consultada de leve no Google e, pelo que parece, é sim.

Enfim, agora tenho que escrever sobre mim, meu dia a dia, meus amigos, minha família e meus sentimentos. Até parece que vou contar tudo isso! Acho que já ficou claro o motivo de eu estar aqui mordendo a ponta da caneta entre uma palavra e outra.

Status da primeira missão: cumprida.

Até qualquer dia aí.

26 de janeiro

É, sumi mesmo, por motivos de... minha caneta sumiu.

Eu sei que poderia ter pedido uma pra minha mãe ou até pegado outra nas dezenas que estão na escrivaninha, mas me apeguei a ela, sabe? Achei que deveria escrever no diário com a mesma caneta. Deve ser culpa do meu TOC! É sério!

Mentira. Hahaha!

Nesse caso, é desculpa. É meio errado enganar o próprio diário.

A verdade é que não escrevi porque não me senti segura.

Tecnicamente, não estou tão fora assim da lição, já que o ano letivo não começou, mas, como ele inicia na segunda, decidi que era melhor voltar pra essa tarefa superlegal *olhos revirando*, enquanto espero a lista das classes ser liberada no site da escola.

Eu estudo no Colégio Cruzeiro do Pardo desde sempre, assim como os meus amigos. Já que vamos pro nono ano, esperamos cair na mesma sala. Estou bem tranquila. Não é possível que vão nos separar no último ano antes do ensino médio.

A lista será liberada às 15h30 e meu celular explodiu com mensagens o dia todo. O Pedro e a Juliana não são tão calminhos quanto eu e estão surtando com a possibilidade de cairmos em salas separadas.

Pedro: Cara, eu não sei o que eu faço se cairmos em salas separadas.

Juliana: Nem fala, porque o meu coração chega a parar de medo.

Eu: Ih, gente, relaxa. Vai dar tudo certo, como sempre.

Eles seguiram se desesperando e eu segui de boa.

* * *

Mesmo dia, à tarde...

AAAAAAAAAAHHHHHHHHHHHHHHHHHHHHH! ME MUDARAM DE SALA!

EU CAÍ SOZINHA NUMA SALA CHEIA DE ALUNOS COM QUEM EU NUNCA CONVERSEI!!!

AH, MEU DEUS! POR QUÊ?

COMO EU RESOLVO ISSO?

POR QUÊ? POR QUÊ? POR QUÊ?

* * *

Mesmo dia, à noite...

Eita, acho que talvez eu tenha exagerado um tiquinho. Não é possível que seja assim tão ruim. Realmente, nunca conversei com ninguém da outra sala, porque sou bem fechada com a minha turma, mas posso fazer novos amigos.

Respira, Bibi. Vai dar tudo certo.

Ah, nem me apresentei, né?

Vou fazer isso agora. Assim, paro de pensar no primeiro dia de aula.

Meu nome é Bianca Tatto Marques. Tenho catorze anos e um montão de sonhos. Sou meio tímida e por isso me assusta um pouco a mudança de sala. (Não é pra pensar nisso agora, lembra?)

Eu amo música. Estudo violão e arrisco compor

algumas canções de vez em quando, mas ainda não mostrei pra ninguém.

Ao contrário das meninas da minha idade, que na maior parte do tempo sonham com a famosa festa de quinze anos, eu só penso em ser cantora e tenho um plano bem formadinho. Quer dizer, na verdade eu sei o começo dele, que é ganhar o festival de música da escola no final do ano, mas isso envolve muito tempo de preparação.

A idade mínima pra se inscrever é quinze anos e eu passei muito tempo desejando demais que esse dia chegasse. O problema é que, agora que chegou, estou com um medo gigante!

E se eu parar de pensar no medo e pensar que vou estar numa sala diferente na segunda-feira?

Caramba, Bibi! Não tem nada melhorzinho pra pensar, não? #ToBemTriste

29 de janeiro

Aquela manhã

Não sei se quero escrever sobre o dia de hoje. Ao mesmo tempo, me fez bem escrever no dia da divulgação da lista.

Meu celular despertou às 6h30, como em todos os dias que tenho aula. Eu continuava tentando me manter positiva, mas era chato saber que não ia mais encontrar meus amigos o tempo todo. Sei que vamos continuar nos falando e nos vendo no intervalo, mas é diferente.

Na cozinha, meus pais, Fabio e Kátia, já estavam tomando café. Eles me fizeram algumas perguntas aleatórias, tentando me animar. Sorri pra mostrar pra eles que estava bem, mas nem lembro direito o que disseram porque meus pensamentos estavam longe.

Meu irmão Gabriel, o Gagui, entrou na cozinha arrastando a mochila e desabou na cadeira ao meu lado, mordendo um dos sanduíches que minha mãe havia preparado pra gente. Ele é só um ano mais novo que eu. Somos bem próximos e até que brigamos pouco se compararmos com alguns irmãos que eu conheço.

Terminei de comer e me despedi da minha mãe, que me abraçou e sorriu, toda confiante de que eu ficaria bem, mas com aquele coraçãozinho apertado de mãe, sabe? Conheço bem.

No carro, meu pai ligou o rádio e foi conversando sobre o que a gente esperava do dia. Tudo o que eu pensava era: que seja bom, por favor.

O Pedro e a Juliana me esperavam na entrada e mal me despedi do meu pai antes de correr pra eles.

— E aí, galera? — já fui cumprimentando. — Afe, que sorrisinho amarelo é esse?

— Ah, estamos chateados. — A Ju me abraçou. E, olha, isso é raro, viu? Ela não gosta muito de sair abraçando os outros. — Como podem separar a gente bem no último ano?

Fiquei olhando pros cabelos longos e loiros dela, que contrastavam com os meus bem escuros, e sorri.

— Tá tudo bem, meu. Sério. Tá tranquilo.

— Tem certeza? — Pedro perguntou. — Aquela sala tem um pessoal bem idiota.

Sei a que ele se referia: a pior panelinha da escola.

— Tenho, sim. Vai ficar tudo bem.

Foi o que eu repeti pela milésima vez.

E, veja bem, não ficou, não...

29 de janeiro, à noite

Estou aqui, jogada na cama, depois de comer uma lasanha incrível que minha mãe preparou. Comida gostosa dá um conforto nessas horas.

Continuo relembrando minha manhã. Cheguei confiante ao colégio. Eu sabia que não iam ser mil maravilhas, mas podia me acostumar.

Eu tinha uma esperança boba de que algo podia acontecer, de que, em algum momento durante a primeira aula, o diretor ia entrar na sala correndo dizendo que tinha havido um grande erro e que, na verdade, eu ia continuar na sala antiga. Afinal, eu costumava ser muito sortuda até este ano.

Quando vi que isso não ia ocorrer, comecei a pensar que podia aprender sozinha tudo que a escola ensina ou passar a estudar em casa, mas NUNCA que meus pais deixariam. Eles são muito legais, mas também não é pra tanto, né?!

Existem três nonos anos na escola e, pelo que parecia, fui a única do 8ºA que tinha passado pro 9ºC. Entrei meio sem jeito na sala, ajeitando a mochila nas costas. Não havia muitos lugares livres e escolhi a última carteira. Sempre fui da turma do fundão. Demorei um pouco pra entrar porque fiquei conversando com o Pedro e a Juliana até depois que o sinal tocou. Deu uma dorzinha vê-los entrar na sala ao lado. Mas sorri mesmo assim, porque sou forte e não era uma mudança dessas que ia me abalar. Pelo menos, foi o que pensei na hora.

As coisas até que corriam bem, eu estava sentada sozinha, batendo os dedos na mesa e esperando o professor chegar, até que ouvi uma voz familiar e levantei a cabeça. Ah, não! Era a Jéssica.

JÁ NÃO BASTAVA ME TIRAR DOS MEUS AMIGOS, TINHAM QUE ME COLOCAR COM ELA?

Eu meio que entrei em pânico, mas não demorou muito até eu me acalmar.

Não exagera, Bibi. Aquilo aconteceu há dois anos e ela já deve ter esquecido.

Meus pensamentos voltaram a um tempo em que a Jéssica era uma das minhas melhores amigas. Nós vivíamos grudadas e ela dormia bastante lá em casa. Aí, teve a festa à fantasia da escola e nenhuma de nós quis contar do que nos fantasiaríamos, pra surpresa ser maior. Eu já era a maior viciada em Minecraft, enquanto ela amava qualquer coisa da Disney. Então, não deu outra: fui como um personagem do jogo e ela como a Branca de Neve.

Eu achei nossas fantasias o máximo e, a princípio, ela também. O problema é que um pessoal começou a dizer que eu estava parecendo um menino e ela ficou meio sem jeito, querendo fazer parte da galera. Bom, eu nem liguei. Meus pais me ensinaram a não dar ouvidos a esse tipo de crítica vazia. Usar a fantasia do Minecraft não fazia de mim nada além da Bibi usando uma fantasia do Minecraft, ué. Então, quem não entendesse isso que ficasse longe.

O problema é que a Jéssica não pensava assim, não, e culpou quem pelo pessoal ficar falando? Quem? QUEM?

Euzinha.

Eu queria saber como é que eu podia ser culpada pela perseguição idiota deles.

A Jéssica parou de falar comigo naquela noite mesmo e ignorou qualquer tentativa minha de contato depois. Pra falar a verdade, eu nunca entendi a reação dela.

Foi bem ruim, mas eu tinha o Pedro e a Juliana. Quando uma amizade é verdadeira, não termina por algo tão bobo. Mantive isso em mente e deixei o passado de lado.

Como continuamos estudando na mesma escola, às vezes nos esbarrávamos. A reação dela era sempre a mesma: fingir que eu era invisível. *Me imagine revirando os olhos aqui.*

Não há nada mais bobo e cruel do que fingir que alguém é invisível.

Se bem que eu preferia que ela tivesse continuado a agir assim ao me ver na mesma sala de aula que ela. Assim que nossos olhares se cruzaram, ela começou a cochichar com as amigas dela. Uma até soltou algo do tipo:

— Olha como ela se veste, parece um menino.

Posso revirar os olhos de novo sem parecer repetitiva?

Não era agora que eu ia me importar com esse tipo de coisa. Roupa nem devia ter gênero.

Fiquei de boa até perceber uma coisa: elas estavam inchando as bochechas. Saquei na hora do que elas estavam falando.

Nas últimas férias, eu meio que ganhei uns quilinhos. Nem liguei muito, pois meu pai disse que tinha alguma coisa a ver com hormônios, sei lá. Eu estava bem com isso, mas, quando percebi que elas estavam dando risada e zombando de mim, de uma hora pra outra, comecei a me sentir mal.

* * *

De volta à casa...

Na volta pra casa, minha vida parecia aqueles videoclipes de músicas dramáticas. Eu olhava pela janela e dava umas suspiradas, sabe?

Sei que poderia ter escolhido colocar umas músicas alegres no celular e me imaginar dançando pela rua, mas, hoje, não dava. Era só o primeiro dia e eu já estava me sentindo uma droga.

Entrei em casa emburrada e continuei assim. Deixei a mochila e os tênis no quarto e saí, arrastando os pés com meias brancas em direção à cozinha.

Sabia que não ia demorar pra minha mãe perceber que não estava tudo bem. Ela sempre percebe.

— Bibi, está tudo bem? Como foi na escola? — ela perguntou assim que me viu, franzindo os olhos pros meus pés. Ela odeia que eu ande de meias pela casa.

— Tá, sim.

— Filha, eu te conheço, me fala o que aconteceu. É a mudança de sala?

— Eu já falei que tá tudo bem. Que saco! — falei

bem alto, meio brava e muito triste, me arrependendo no mesmo instante por ter sido grossa.

— Olha, filha, eu entendo esse sentimento. É horrível não poder mudar de sala e continuar como era antes, mas é a vida. Você está crescendo e vai ver que no mundo adulto nem sempre podemos ter o que queremos.

— Então, ser adulto é uma droga. — As palavras escaparam de mim. Eu juro que tento controlar, mas, às vezes, minha língua tem vida própria.

Uma vez, meu pai disse que se pudesse cortar algo em mim, seria um pedaço da minha língua. Eu ri e brinquei que aquilo era um exagero, mas não era, não. Admito.

— Bianca! — Minha mãe cruzou os braços e me olhou, bem séria.

— Desculpa. — Melhor assumir que estava errada e pedir desculpas logo em vez de complicar ainda mais meu dia.

— Como eu estava dizendo — ela retomou, se aproximando mais de mim e mexendo em uma mecha dos meus cabelos —, nem sempre podemos estar perto dos amigos fisicamente, mas isso não quer dizer que vocês tenham que perder o contato. Vocês podem conversar no intervalo e você também pode fazer novos amigos. Quanto mais, melhor. E você é boa nisso.

Começamos a conversar e, embora eu não tenha ficado 100%, ela me ajudou muito. A coisa mais importante na minha vida é essa amizade que tenho com meus pais. Não importa o que vá acontecer, eles sempre estarão lá pro que der e vier.

Depois disso, me desculpei por ter falado daquele jeito e tentei fingir que estava tudo bem. Minha mãe fingiu acreditar. Eu sei que ela odeia me ver assim, mas, como ela mesma disse, faz parte da vida.

* * *

Nossa, estou gostando mesmo desse negócio de diário. Não que ele mude o que aconteceu, mas ao escrever, parece que eu desabafo e tenho uma sensação boa, como se pudesse consertar as coisas.

Estava sentada na cama, no finzinho da noite, dedilhando trechos de uma música qualquer no violão, quando o Gagui entrou no quarto:

— Ei, Bibi, quer me ajudar a construir um castelo no Minecraft?

— Depois, Gagui. Não estou muito bem hoje, não.

— É, eu sei. Muito chato isso de mudar pra uma sala diferente.

— Como você sabe? Mudaram você também? — Coloquei o violão sobre a cama.

— Não, não. Estou fazendo aquilo que o pai falou outro dia no jantar. — Ele coçou a cabeça, tentando lembrar a palavra. — Simpatia.

— Empatia — corrigi, empurrando-o de leve. — Se colocar no lugar do outro.

— Isso aí. Pensa pelo lado positivo: pelo menos, ninguém na sua sala nova te viu cozinhando ou sendo muito pior que eu no Minecraft. Aí, sim, você ia ficar triste com razão, porque ia passar a maior vergonha. — Ele riu, claramente me zoando pra me distrair. Se bem que esse moleque nem precisa de motivo pra me zoar. — Bora jogar? Você sempre se anima jogando.

— Eu sou BEM melhor e cozinho muito bem! Mas valeu, Gagui. — Dei um meio sorriso. — Hoje vou ficar de boa com meu violão.

— Bom, você que sabe, vou ficar com toda diversão pra mim. — Ele parou na porta do quarto. — Aproveita essa tristeza aí e tenta transformar em música. Vários cantores famosos fazem isso, né?

Eu o observei sair e joguei meu corpo pra trás, encarando o teto. Não sabia nem como começar, mas transformar tudo isso em música poderia ser bom.

Até que enfim meu irmão entrou no meu quarto pra dar uma boa ideia, e não pra encher o saco...

30 de janeiro

Acordei nem um pouco animada. Normalmente, eu gosto da primeira semana na escola porque a gente faz várias atividades, brincadeiras e praticamente não abre o caderno pra fazer lição. Costuma ser muito legal, mas não sei o que esperar agora e isso me deixa com um pouco de medo.

Quando cheguei à sala, fui direto pra minha carteira no fundão. Olhei pros outros alunos com uma cara amigável, resolvendo seguir o conselho da minha mãe e fazer novos amigos.

Na mesma hora em que sentei, percebi que a Jéssica e suas parceiras puxa-saco estavam falando a mesma coisa de ontem.

Mano, será que vai ser todo dia assim? Até parece que venho com uma melancia no pescoço pra chamar tanto a atenção delas. Vou sair de casa sem ânimo nenhum e, quando chegar aqui, vou ficar no negativo. Dá pra chegar a... sei lá... menos 30 de ânimo?

Assim não vai dar, não.

Calma, Bibi, vai ficar tudo bem, pensa pelo lado positivo: agora, pelo menos, você vai poder aprender mais.

Você já tem facilidade normalmente, agora, então, em uma sala que você não conversa com ninguém, você vai virar um gênio!

É... *Eu sei que sou louca. Falo sozinha e me dou conselhos e, além de tudo, cada hora sinto uma coisa diferente por esta sala. Com certeza é por causa do meu signo. É tenso ser de gêmeos.*

Fiquei brisando nesses assuntos enquanto o professor novo de química se apresentava pra turma. Estava tudo normal, até que, DO NADA, alguém abriu a porta e entrou na sala correndo.

— Desculpa, professor, eu cheguei de viagem ontem à noite e perdi a hora hoje. Sabe como é, né? Começo de ano... — O garoto deu um sorrisinho e fechou a porta.

— Tudo bem, tudo bem, Leandro, vá se sentar.

Eu observei a cena calada, mas fui invadida de uma sensação de bem-estar. O Leandro era meu vizinho desde sempre. Nossas mães são amigas e, embora tenhamos nos afastado nos últimos tempos por causa de uma dessas mudanças de sala, ainda me recordava bem de quando andávamos juntos. Minha nossa, esse negócio de trocar de sala acaba mesmo com a vida da gente, né?

De qualquer forma, agora eu teria alguém que me conhecia e não me odiava por perto. Isso era ótimo.

Depois de conversar com o professor e chamar atenção da sala toda (o Leandro sempre gostou disso), ele veio se sentar na única carteira vazia: bem ao lado da minha.

— Ei, você tem uma caneta pra me emprestar? — Ele finalmente olhou na minha direção depois de revirar a mochila. — Bibi!

— Oi, Lê. — Meu sorriso refletiu o dele.

— Estamos na mesma sala de novo?

— Pelo jeito, sim!

— O senhor já chegou atrasado, agora vai ficar atrapalhando a nossa amiga que estava prestando atenção até agora? — A voz do professor pareceu um trovão.

Pensei em falar pro professor que, na verdade, eu estava olhando pro nada e pensando em tudo menos em química, mas achei mais legal deixar essa imagem de boa aluna. Dei risada, peguei uma caneta no estojo e estendi na direção do Leandro.

Eu estava me sentindo muito feliz e, por um instante, me esqueci de todo o drama dos últimos dias. Até sentir o olhar fulminante da Jéssica. Nem precisei de muito esforço pra ligar os pontinhos. Todas as meninas eram apaixonadas pelo Leandro. Ele era conhecido como "O Bonitão", só que não ligava pra nenhuma dessas meninas. Estava sempre jogando bola ou videogame. Como eu adorava as mesmas coisas que ele, durante muito tempo fui a menina com quem ele tinha mais contato na escola. Será que voltaríamos a ser assim?

* * *

Cheguei bem mais animada em casa. Minha mãe deu aquele sorrisão de "Viu, eu sempre tenho razão". Dei risada, mas parece que ela tem mesmo.

Passei a tarde jogando com meu irmão e à noite, enquanto eu trabalhava numa nova música, começou uma conversa no grupo do Whats com meus amigos:

> Migo: Genteeeeee, acabei de descobrir que amanhã vão anunciar as datas das inscrições pro festival.

> Miga: Eu viiiiii, acabou de sair no Facebook do colégio. Nossa, cara, tô muito ansiosa, vou até me maquiar mais amanhã.

Migo: Mais? Não sabia que isso era possível.

Eu: HAHAHAHAHAHAHAHAHAHA TÔ MUITO ANSIOSA TBM

Miga: Idiota!

Eu: Comecei a compor uma música nova ontem, quando tava na bad por causa da sala. Parece que quando a gente tá triste, é bem mais fácil...

Miga: E você tá de boa agora, né? Fica triste aí e termina a música hahahaha. Brincadeira, Bibi, que bom que você tá melhor!

Migo: Hoje foi bem mais de boa na sua sala, né?

Eu: Foi, sim! Vocês lembram do Leandro? O meu vizinho? Ele tá na minha sala.

Miga: O bonitão? Hmmmmmmmmmm...
Entendi porque você tá feliz agora.

Eu: Idiota! Nada a ver... Só é bom ter algum rosto conhecido naquela sala.

Migo: Ainda mais se for um rosto bonito daqueles, né? HAHAHAHAHAHAHA. Tá, parei.

Eu: Vocês não valem nem um centavo, vou tentar trabalhar na música aqui e capotar! Até amanhã, loucos.

Miga: Até!

Migo: Até!

Ah, posso confessar que estou feliz?

Puxa, estou mesmo! Vai dar tudo certo.

4 de fevereiro

Até que a primeira semana de aula não foi tão pesada. Tive que ficar desviando dos olhares de raio laser da Jéssica e tentando não ouvir seus comentários, mas tudo bem.

Quase todos os professores são legais. A maioria eu já conhecia, mas tivemos alguns novos. No geral, continuo gostando de ir à escola, apesar das muitas dúvidas que explodem na minha cabeça.

Amanhã é um dia muito importante. Vão abrir as inscrições pro festival de música. Estou ansiosa!

Não dá pra elogiar, né?

Hoje foi bem tenso. Era pra ser um dia superlegal, mas não foi exatamente o que eu e meus amigos esperávamos.

Cheguei à escola empolgada. O Pedro, a Ju e eu passamos todos os dias das férias falando sobre como seria incrível nossa apresentação. Esse festival é uma tradição do colégio e nós já tínhamos tudo combinado: íamos nos apresentar em trio, ensaiar juntos todos os sábados e, é claro, GANHAR.

Mas aí aconteceu que, primeiro, os professores Matheus e Felícia entraram na sala pra perguntar como iam os diários. Como o Pedro e a Ju não estão mais na minha sala, não pude comentar com eles se estava imaginando aquele olharzinho cheio de sentimento entre #Malícia. Cara, eles são muito fofos juntos e são os únicos que não percebem isso. Se não casarem um dia, é porque não existe amor verdadeiro. Ainda mais agora que está rolando um boato de que o professor Matheus está solteiro.

Agora, parando a torcida pelo amor de outras pessoas, voltemos à história...

Eles perguntaram como estavam indo os diários, e é claro que o primeiro a falar algo foi o Leandro:

— Tá tranquilo, professores. Já anotei um monte de nada que fiz nas férias.

Óbvio que a sala toda riu. Todo mundo ama o Leandro. Ele é aquele tipo de garoto de quem todo mundo quer ser amigo, então, se ele faz uma piadinha, ninguém fica sem rir.

— Para de fazer charme, Leandro — a Jéssica começou a falar. A voz dela até mudou de tom. — Você é incrível e aposto que suas férias também foram.

É... ela faz isso direto. Faz questão de dar em cima dele, não importa quem esteja presente.

Não pense que eu reparo porque tenho ciúme dele. Não tenho, não.

É que parece que ela faz de tudo pra me atingir. Se estava falando com ele, por que se virar pra mim e dar uma risadinha? Ainda bem que o professor Matheus nem o deixou responder.

— Bom, espero que vocês estejam indo tão bem no diário como estão nas piadinhas. Agora, vamos pro assunto principal de hoje: o festival. Quem quiser participar precisa entregar a inscrição preenchida até o fim do mês. Quem vai querer uma folha?

Quando eu levantei a mão e ele me entregou a ficha, percebi que só tinha espaço pra colocar uma sala, ou seja...

EU NÃO IA PODER FAZER GRUPO COM MEUS AMIGOS! COMO ASSIM?!

Não era possível isso! A gente já estava ensaiando. Já estava tudo combinado! Mano do céu, isso eu não podia aguentar!

Eu não disse uma palavra, mas a Bibi interior estava desesperada. Tentei não demostrar meu desapontamento e achei que estava me saindo muito bem, quando o Leandro me perguntou:

— Tá tudo bem, Bibi?

— Não! Nada bem, olha isso! — E mostrei pra ele.

— Que é que tem? — Ele não entendeu.

— Como assim, o que tem? Não vou poder participar do festival com os meus amigos. — Fui meio ríspida com ele e me arrependi na hora, mas estava nervosa.

— Putz, olha, de verdade, se eu soubesse cantar, dançar ou fazer qualquer coisa desse tipo, eu faria uma dupla com você. Aliás, se puder contar piadas no festival, eu tenho umas ótimas!

Dei uma risadinha, mesmo estando muito brava. Ele estava tentando me confortar e isso era muito fofo.

Quando eu ia responder alguma coisa, o sinal tocou. Nem pensei e saí correndo pra encontrar os meus amigos e descobrir se eles já sabiam o que estava acontecendo.

— Vocês viram isso? — Apontei pra ficha com voz triste.

— Sim — eles respondem praticamente juntos. — E agora?

Meus amigos falavam um monte de coisa ao mesmo tempo e, vendo os dois tão chateados, decidi parar de me desesperar. Sempre fui a mais calma dos três. Se eu me descontrolasse, ninguém ia saber pra onde ir.

— Olha, eu sinceramente não sei, mas vamos dar um jeito. Hoje à noite vou descobrir uma forma de provar pros professores que não tem nada a ver isso de separar as salas. Vai dar certo, tem que dar. — Confesso que mostrei mais segurança do que eu realmente estava sentindo, mas o Pedro estava quase chorando.

Depois do recreio, não teve mais nada de interessante na escola. Voltei pra casa escutando "Talking to the Moon", do Bruno Mars*, no último volume. É uma ótima música pra colocar os pensamentos em ordem.

---

* "Talking to the Moon", Jeff Bhasker, Philip Lawrence, Ari Levine, Bruno Mars, Albert Winkler; Elektra, 2010.

Era inevitável sentir uma certa bad, mas eu me neguei a me entregar antes de tentar todas as opções que tivesse.

Cheguei em casa tão distraída, mexendo no fone do celular, que por pouco não pisei em um cachorro que estava deitado, tranquilo, bem na minha porta, como se estivesse esperando alguém abrir.

Quando me aproximei, ele começou a abanar o rabo e a esfregar o focinho em mim, pedindo carinho. Como eu podia negar qualquer coisa a ele?

Fiquei alguns minutos com ele na porta, esperando algum possível dono aparecer, mas nem sinal. Quando eu estava entrando, um vizinho passou e disse:

— Que fofo seu cachorrinho! Ele passou a manhã aí te esperando chegar da escola!

Fiquei meio sem resposta e só tive uma reação: dar um sorrisinho e colocar o cachorro pra dentro. Não podia deixar um bichinho dócil daquele jeito pra fora. Ele não ia sobreviver sozinho na rua, era bonzinho demais pra isso.

Sabia que não seria fácil convencer meus pais a me deixarem ficar com ele, então, assim que entrei em casa, corri pra escondê-lo no meu quarto enquanto pensava em como contar. Nessa hora, seria bom ter duas Bibis; uma pensaria em como falar com os pais e a outra, em como falar com os professores. Mas, enquanto não inventam nada pra me clonar e como meus personagens no Minecraft não podiam me ajudar, eu teria que pensar nisso tudo sozinha.

Foi bem fácil mantê-lo escondido naquela tarde, porque só eu estava em casa. Minha mãe tinha ido resolver umas coisas na rua e depois ia almoçar com meu pai, enquanto o Gagui foi à casa de um amigo.

À noite, deixei tudo organizado no meu quarto pra que o cachorro não pudesse quebrar nada. Conferi duas vezes se não bobeei com nada que pudesse acabar sendo devorado, fechei a porta e fui falar com meus pais.

Quando eu estava quase chegando à cozinha, ouvi o Gagui falando meu nome no corredor e abrindo a porta do meu quarto, me procurando. Mal tive tempo de alcançar meu irmão. Ele já estava quase abrindo a boca pra gritar, mas consegui fazer sinal a tempo pra ele ficar em silêncio.

— A mãe e o pai não sabem ainda — falei rápido, tentando não me atropelar com as palavras. — Eu cheguei da escola e ele estava na porta me esperando. É tão carinhoso e fofo... Quero muito ficar com ele.

— Ele não tem dono? Será que é de rua? — ele perguntou enquanto fazia carinho no cachorro.

— Acho que sim, fiquei um tempo esperando pra ver se alguém aparecia procurando por ele, mas nada.

Mal terminei de falar e minha mãe nos chamou pra jantar. Falei rápido:

— Vou pedir pra ficarmos com ele. Se eles deixarem, você me ajuda a cuidar?

— SIM, SIM! — ele respondeu, sendo lambido.

Saímos do quarto e fomos jantar. Meus pais conversavam sobre algum amigo que ia ter um bebê. Gagui e eu nos entreolhamos. De certa forma, nós também teríamos. Ou já tínhamos, né?

— Pai, você teve cachorro quando era mais novo? — comecei sutilmente.

— Não tive, não, a gente morava em apartamento e seus avós não deixavam.

— Deve ter sido deprimente, né? — Gagui deu aquela exageradinha básica. Minha mãe revirou os olhos, sem imaginar onde ele queria chegar.

— E você, mãe? — perguntei já sabendo a resposta: ela ama cães.

— Tive dois! — Ela sorriu, com certeza, se lembrando dos bichinhos.

Tudo parecia correr bem. Eu sabia que era só falar com calma que eles aceitariam de boa. Gagui e eu já estávamos até nos remexendo nas cadeiras, quando o inesperado aconteceu: o cachorro começou a latir!

— Opa! — Fiz cara de "tô ferrada".

— A ideia foi da Bibi! — O Gagui apontou pra mim sem hesitar e ainda me deu uma piscadinha, como se não pudesse evitar.

Eu estava pronta pra dar um tapão no Gagui e aguentar a bronca que ia tomar depois, quando minha mãe sorriu, balançando a cabeça pro meu pai.

— Íamos fingir por mais tempo que não sabíamos do cachorro, mas, já que ele latiu... Vá colocá-lo na lavanderia, Gabriel — minha mãe disse, me deixando muito surpresa.

— Como assim, fingir que não sabiam? — perguntei.

— Bibi, aprenda de uma vez por todas: é impossível esconder algo dos seus pais! — meu pai respondeu, dando um beijo na bochecha da minha mãe.

É, não tem jeito: esconder as coisas dos pais é IMPOSSÍVEL!

— Bom, podemos ficar com ele?!

— Diz que sim! — Meu irmão veio do quarto segurando o cãozinho. — A ideia pode ter sido da Bibi, mas eu curti.

Fingi uma cara feia pra ele.

— O cachorro deve ter um dono, gente. Ele parece bem cuidado. Vamos divulgar que ele está conosco e tentar encontrar a casa dele.

— Podemos ficar com ele até o dono aparecer? — perguntei, mas acho que já sabia a resposta, porque meus pais são incríveis!

— Podemos!

— Obrigada, mãe! Já combinei com o Gagui e ele vai me ajudar a cuidar. Pode ficar tranquila. — Eu peguei o novo morador da casa no colo e fiz carinho na sua cabeça.

— Tudo bem. Como vamos chamá-lo?

— Pensei em Totó! — Quando eu terminei de falar, ele deu duas latidas. — Acho que ele gostou.

Depois do jantar, fui com meu pai comprar ração e algumas coisas de que o Totó iria precisar, além de conversarmos um pouco sobre como seria pra cuidarmos dele da melhor forma.

Quem diria que meu dia ia terminar assim? Agora tenho um cachorrinho! Pelo menos, até o dono dele o encontrar, mas alguma coisa aqui dentro diz que ele vai ser nosso pra sempre.

Bom, agora tenho apenas um problema: como vou convencer os professores amanhã?

Eu meio que fiz um rascunho do que devo falar e acho que está bom. Na hora, vai ser igual a música e o coração vai falar mais alto!

Ai, Deus, queira que a gente consiga formar o trio entre as salas, por favor!

7 de fevereiro

Quem diria que a competição começaria já no ato da inscrição?

Quando resolvemos participar, sabíamos que seria concorrido. É claro que deve ter um monte de talento na escola e tudo o mais, mas não esperávamos que teríamos que lutar até mesmo pra que pudéssemos participar juntos.

Convencer os professores de que deveríamos ser um trio, mesmo em salas diferentes, não seria uma tarefa fácil. Eu estava um pouco nervosa, ainda que não deixasse ninguém perceber.

Acordei, corri pra brincar um pouco com o Totó e cuidar dele. Depois, tomei meu café da manhã ouvindo o Gagui contar algo que fez minha mãe rir, mas eu sequer prestei atenção a todas as palavras. Meu pai passou por mim e bagunçou meus cabelos.

— O que aconteceu, Bibi? — ele perguntou, franzindo a testa ao se sentar do meu lado à mesa do café da manhã.

— Hã? — murmurei, sem entender muito bem como ele sabia que havia algo errado.

— Quando bagunço seu cabelo, você solta um "ô, pai!" e arruma tudo de novo. Agora, olha aí pra você, toda descabelada e quase babando com a boca aberta. Tá parecendo o Gagui estudando pra física.

— Eita, pai! — o Gagui reagiu enquanto eu arrumava meus cabelos devagar. — Pra que essa violência logo cedo? — perguntou e fingiu que tomou um tiro no peito, depois deu uma gargalhada.

— Ah, nada não. Só pensando numa tarefa da escola. — Achei melhor guardar o problema pra mim. Ia ser meio chato se meus pais aparecessem lá na escola querendo interceder.

— Tem certeza? — ele perguntou, e minha mãe se voltou pra mim.

Nossa, parece que sou péssima em fingir que estou bem. Dei um sorriso, que confesso, saiu bem falso, e ele disse:

— Olha, filha, sei que você teve um começo de ano difícil com a mudança das salas, mas você tem superado isso muito bem. Sabe por quê?

Só balancei a cabeça porque eu realmente não fazia ideia do que ele estava falando.

— Porque nem todo problema é realmente problema.

Humm... Quê, pai? Nem precisei dizer nenhuma palavra, acho que minha cara falou por mim.

— Às vezes, é só uma chateação, e gastamos mais tempo permitindo que ela nos atinja do que agindo para resolver e nos livrar dela.

— Entendi... — Eu meio que não entendi muito bem como meu pai pode ler mentes, mas agindo eu estou, né?

Ele assentiu, minha mãe sorriu e seguimos tomando o café. Pelo menos por enquanto, eles me deixariam quieta.

No caminho pra escola, repassei mentalmente o texto que escrevi. Ficou muito bom. Se os professores não deixassem – mesmo com aquelas palavras lindas –, era a prova de que nenhum dos dois tinha coração. Isso explicaria porque eles não estão juntos, né?

Ah, Deus, eles precisavam ter coração, sim!

Na sala da escola, organizei na minha mente como ia falar. Eu conseguia ver tudo com perfeição!

Eu me levanto pra falar, uma luz não sei de onde começa a me iluminar.

Todos me olham sem entender o que está acontecendo.

Começo a fazer meu discurso com uma voz linda e firme.

Todos me aplaudem e os professores permitem que os grupos sejam de salas diferentes.

Assim que eu termino de falar, Matheus olha pra Felícia, toma coragem, se declara e eles dão um beijo apaixonado!

Tá, tá, fui longe demais.

É melhor ficar só com a parte do discurso ser um sucesso por enquanto.

Enquanto eu ainda brisava nas minhas ideias, eles chegaram na sala. Nem era pros dois chegarem juntos, já que a aula seria da professora Felícia e as inscrições vão até o fim do mês, mas vi a situação como uma oportunidade.

— Bom dia, turma! Já que estou aqui, será que alguém já tem a inscrição preenchida? — o professor Matheus perguntou, com aquele sorrisão de sempre.

Hesitei por um segundo e depois ergui a mão. Confesso que pensei em subir na carteira e começar o maior discursão, como em um filme a que assisti com a minha mãe, mas me contive.

— Pode falar, Bibi — a professora Felícia disse, toda doce, e isso até me deu mais força.

— Eu não trouxe a ficha preenchida e tenho um motivo.

— E qual é? — o professor Matheus questionou, sem entender, mas bem tranquilo.

— Quando peguei a ficha de inscrição e vi que só tinha espaço pra colocar uma sala, eu pensei: por quê? A escola é um lugar pra nos conhecermos, pra fazermos amizades. Isso sem importar como somos e com as diferenças de cada um. Não é isso o que você sempre diz? — dirigi a pergunta ao professor, mas nem esperei por sua resposta. — Somos todos iguais e deveríamos poder participar juntos do festival. Não é esse o intuito desses eventos? — Percebi que a professora abriu a boca pra falar, mas não me rendi. — Unir todo mundo pra mostrar no que somos bons e comemorar juntos? Então, por que não podemos nos apresentar com alguém que seja de outra sala? Não tem lógica isso.

E terminei. A sensação de dever cumprido me invadiu e eu respirei aliviada. A classe toda começou a dar uns murmurinhos, a Jéssica revirou os olhos e o Leandro me deu uma piscadinha.

— Mas vocês podem, Bibi. É só colocar uma sala do lado da outra na ficha. Não tem problema nenhum! — Matheus falou, meio que contendo um sorriso.

— Afe, aparecida... — a Jéssica provocou e fiquei vermelha feito um pimentão.

— O que disse, Jéssica? — Felícia perguntou, estreitando os olhos. Tenho certeza de que ela ouviu direitinho. — Imagino que esteja elogiando a Bibi por um comportamento tão bonito. Além de lutar pelos seus direitos de uma forma educada e inteligente, ela ainda defendeu a escola toda. Eu acho que não era só ela que estava com essa dúvida.

Alguns alunos disseram que também estavam e soltaram: "É isso aí, Bibi!". Fiquei vermelha de novo, mas por outro motivo. Não esperava que tanta gente ia ficar feliz.

— Foi um discurso muito lindo! Esse é o espírito! — a professora voltou a falar, e eu sorri.

— Depois do intervalo, entregaremos nossa ficha, então — eu disse. Não acreditava que tinha sido tão simples.

É, além de ler mentes, meu pai tinha razão. Eu nem tinha um problema! Um dia, quero saber como é que os pais conseguem ser assim...

As coisas não saíram bem como eu imaginei, mas fala aí, foi um discurso bem bom, né? Dei uma passadinha de vergonha, mas tudo bem, essa era a primeira missão e missão dada é missão cumprida!

Sabe uma coisa que esqueci de mencionar? Eu sei que já falei muito de #Malícia hoje no aqui no diário, mas notei uma coisa: sabe quando na hora estamos muito tensos e nem conseguimos ver nada direito, mas depois a situação vem do nada na cabeça e reparamos em algumas coisas que passaram desapercebidas?

Então, enquanto eu fazia o meu incrível discurso, o Matheus e a Felícia ficaram se olhando meio como se quisessem dizer com os olhos um pro outro: "Essa menina é doida". Ok que eu sou mesmo, né? Mas quem não é? E o foco nem é esse. É que foi uma troca de olhares tão fofinha. Estou achando muito que meu ship é real!

* * *

Ainda contando algo da escola...

A hora da revelação foi melhor ainda!

— Nossa, meu, a gente é muito burro. Por que a gente não perguntou pra eles logo? Que vergonha! — Pedro deu risada.

— Você que tá com vergonha? Eu que fiz um discurso todo à toa, mas foi muito bom, me senti como uma líder revolucionária da atualidade!

— Só você mesmo, Bibi. — A Ju não conseguia parar de rir.

O sinal tocou e caminhei pra sala. Acho que eu já estava me acostumando com a mudança. Durante a aula, não conversava muito (e em teoria não é pra falar mesmo, né? haha), mas, em compensação, os intervalos estavam sendo muito divertidos.

Quando eu estava quase chegando à minha mesa, a Jéssica trombou comigo. Como não sou de confusão, só continuei andando. Ela não aguentou e teve que falar.

— Conseguiu se inscrever com os seus amiguinhos? Parabéns! — Seu tom era repleto de ironia. — Pena que não adianta nada porque vocês vão perder mesmo! O máximo de show que você deu foi aquele discursinho ridículo — ela falou e suas seguidoras deram risada atrás.

Acho muito engraçado como elas são juntas. É uma coisa bem parecida com o Gru e os Minions, tá ligado?

Na hora, me subiu o sangue e eu queria muito dar uma resposta à altura, mas me contive. Nunca ouvi falar de alguém que comemorou vitória antes da hora e ganhou. É bom ela ensaiar muito, porque nós vamos arrasar!

— Muito obrigada, Jéssica — respondi, sem me alterar. — Boa sorte pra você! — Admito que também fui irônica. Sou boazinha, mas não sou trouxa, né?

Deixa ela achando que é a melhor. Isso nós vamos provar no palco!

8 de fevereiro

Normalmente ensaiamos aos sábados, mas como o próximo é sábado de Carnaval e todo mundo vai viajar (menos eu!), adiantamos pra quinta no finzinho da tarde.

Não é a primeira vez que ensaiamos juntos. Nas férias aparecemos por aqui também, mas meio que acabava sempre em brincadeira e nunca em ensaio de verdade. Agora, depois de toda a vergonha que eu passei à toa pra gente conseguir se apresentar junto, esse ensaio tem que ser o melhor do mundo! Temos que ganhar!

— Bibi, você sabe que faltam meses pra apresentação, né? Não tá meio adiantadinha, não? — O Gagui veio me encher quando eu estava saindo de casa pra aproveitar a carona com meu pai.

Só revirei os olhos e nem respondi. É claro que eu sei que falta um tempão, mas vai ganhar justamente o melhor grupo e, pra isso, cada ensaio será fundamental. Mesmo sem me deixar intimidar pela Jéssica, sei que tem um pessoal que arrasa na escola.

Cheguei à casa do Pedro e a mãe dele estava lá com um café da tarde gigantesco, como sempre. Ela nos trata praticamente como filhos. É muito participativa, tanto na vida do Pedro quanto na nossa, e isso é muito legal, apesar de, em alguns momentos, ser um pouco inconveniente – principalmente quando estamos tomando café e o Pedro está à mesa.

— E aí, Bibi? O Pedro falou que você está em uma sala diferente. Já se enturmou bem?

— A galera da sala é meio chata, tia, não se abre muito com quem veio de fora, mas fiz alguns amigos novos, sim!

Na verdade, um, né? Vamos deixar isso em off.

— Que bom que você está se acostumando!

— Claro que ela está se acostumando, mãe. O Leandro tá lá e, até onde eu sei, ela conversa com ele a aula inteira. — Pedro me provocou e ficou observando minha reação.

— Cala a boca, Pedro! — respondi, ficando vermelha.

— Quem é Leandro?

— Um amig...

— O crush da Bibi, mãe.

Mas que babaca!

— Que fofa! Traz ele aqui algum dia!

Eu não sabia mais onde enfiar a cara. Apesar de ela ser toda amigona e tudo mais, esse é um assunto sobre o qual nenhuma menina de catorze anos gosta de falar com a mãe do seu melhor amigo, né? Mesmo que fosse verdade – o que não é o caso, ou talvez seja...

Ai, cala a boca, Bibi!

— Vamos ensaiar, gente? — A Ju, que até o momento parecia alheia a tudo enquanto lia suas mensagens, tentou me livrar de uma.

— Vamos! — Eu me levantei da mesa sem esperar.

— Ok, ok, vão ensaiar. Depois vocês ainda vão ter que me explicar essa história direitinho!

Fiz sinal de positivo, decidida a não explicar nada nunca nesta vida, e fomos pros fundos da casa pra começar. Eles têm um salãozinho lá e o pai do Pedro fez toda a proteção acústica pra que os vizinhos não reclamassem. É um espaço muito legal. É como se fosse o nosso refúgio. Perdi as contas de quanto tempo passamos ali. Na maioria das vezes, bons, mas também alguns momentos ruins, em que precisávamos confortar uns aos outros pelos problemas da vida. Eu me sinto muito bem lá. É quase como se fosse minha casa também.

Ao entrarmos, olhei ao redor e um calor encheu meu peito. Os pôsteres dos nossos músicos favoritos na parede, a bateria da Ju montada e o teclado do Pedro coberto; os pufes enormes num canto, onde deitamos no fim dos ensaios e ficamos papeando por horas. Que espaço maravilhoso!

Estávamos nos preparando pra começar quando a campainha tocou.

— Quem é? — Estranhei.

— Deve ser a Gabi!

— Que Gabi? — Cocei a testa, tentando entender. Eu já tinha ouvido os dois falarem dela em outros momentos, mas não tinha dado muita atenção.

— Ela é nova na escola e, quando a gente estava conversando na sala, ela perguntou se podia ver um ensaio nosso — a Ju explicou, sem tirar os olhos do celular. O Pedro me encarava sem nem piscar. — Ela ama música. Não tem problema, né? — Só aí Ju me olhou.

Alguém me explica por que eles trouxeram essa menina pro ensaio? Já não basta a gente só conversar no intervalo? Não temos nos visto muito fora da escola e o ensaio é o único momento em que tudo pode ser como antes. E, sim, eu sinto falta de como era antes.

Nossa, nossa, nossa. Racionalmente, enquanto escrevo, sei que não tinha nada de mais e não era como se eles fossem me substituir, mas, poxa, era exatamente o que eu sentia. Então, eles tinham uma nova amiga e eram um novo trio na sala de aula? Eu sei que também tenho o Leandro, mas é diferente. O Lê é da galera toda.

Pensei mil coisas, né? E o que foi que eu respondi:

— Ah, sim, tranquilo.

— Oi, gente. — Ela chegou vestindo uma camiseta do Ed Sheeran, parecida com uma que tenho em casa.

— Oiiii, Gabi! Chegou na hora certinha, já vamos começar a ensaiar. Senta aí. — Pedro apontou pra uma cadeira.

— Ufa! Podem ficar tranquilos que não vou atrapalhar vocês! E, oi, você deve ser a Bibi, prazer! — Ela me cumprimentou. — O Pepê e a Juju falam muito de você!

Pepê e Juju. Hum!

— Prazer! — respondi, tentando sorrir. Nem sei se saiu direito.

— Desculpem pelo atraso. Meu pai pegou trânsito por causa de uma obra nuns canos que tinham vazado na rua, algo assim. Ou é isso que eles querem que a gente pense, né? — Quando ela falou isso, Pedro e Ju começaram a rir muito e eu fiquei sem entender nada.

Já não bastava ela aparecer, ainda tinha que ficar de piadinha interna com eles? Aí, não dá, não. Depois de eles ficarem umas duas horas (ok, foi uns trinta segundos, mas me deixa, durou duas horas pra mim) rindo, Pedro me explicou o que era:

— Ai, Bibi, é que nós temos um professor de ciências que só dá aula pra nossa sala. Ele é meio doido, fala que temos sempre que duvidar, porque é de dúvida que a ciência é feita. Sempre que ele fala que alguém afirmou alguma coisa, ele termina com: "Ou é isso que eles querem que a gente pense" e virou meio que um meme dele.

— Ah, sim, é engraçado mesmo. — E até era, então tentei dar uma risadinha sem entender muito por que estava tão brava.

Seria ciúme? Não, nunca tive ciúme deles antes. É que este ano está complicado. É isso. Estou com medo de que eles encontrem alguém que se encaixe a eles como eu me encaixava. *Ok, Bibi, isso é ciúme. Ah, droga.*

— Vamos começar? — Ju perguntou.

— Bora! — respondi sem nem pensar.

A música começou e, aí, era a nossa hora. Não existe ciúme quando cada um faz sua parte e sorri, feliz, pela companhia do outro. Música, pra mim, significa algo que nem sei explicar. Estudo há alguns anos e é tão natural quanto respirar. Clichê, eu sei, mas muito real. É como se eu me conectasse a cada nota e a cada palavra da letra. Não tem como separar a música e a Bibi enquanto canto ou toco. É o meu lugar no mundo. É o que amo, o que sou e o que quero ser pro resto da minha vida.

Quando a última nota soou, aos poucos, fui voltando a mim. Ao cruzar o olhar com a Gabi, me dei conta de que ela ainda estava conosco e me surpreendi com a cara de espantada que ela fez.

— Tudo bem, Gabi? — foi impossível não perguntar.

— Vocês arrasam! Pelo amor de Deus, Bibi, canta Ed?

Minha cara, provavelmente, refletiu a dela de tão espantada que fiquei. Peguei meu violão, comecei a dedilhar e cantar um pouco de "Perfect"*. Quando terminei, ela estava ainda mais eufórica.

— Meu, vocês são demais!

— Obrigada, Gabi! — respondi, sorrindo.

— Posso vir assistir mais vezes?

* "Perfect", Ed Sheeran, Matthew Sheeran; Atlantic, 2017.

A pergunta me fez dar uma travada. Ela parecia legal e eu nunca tive problema em fazer novos amigos, mas tudo estava mudando tão depressa.

— É... — Abri a boca e não saiu mais nada.

Meus amigos ficaram esperando minha resposta.

— Bibi, desculpa por alguma coisa, sei que estou me intrometendo no grupo de vocês... — A carinha triste dela quase me matou.

Não acreditei que ela havia percebido. Fiquei me sentindo mal por alguns longos segundos enquanto pensava no que responder. Ela é aluna nova em um colégio diferente. É muito pior do que para mim, que só troquei de sala.

O Pedro e a Juliana me encaravam como se estivessem esperando o tempo todo que eu chegasse à conclusão que estava chegando naquele momento.

— Você não incomodou, imagina! É que não estou acostumada com pessoas de fora assistindo ao ensaio. Me desculpa por fazer você se sentir mal, mesmo que não tenha sido de propósito.

— Ah, fica tranquila. Ouvir vocês cantando compensa tudo.

Depois que a estranheza inicial passou, continuamos conversando sobre várias coisas e, principalmente, sobre o Ed! Ela é uma menina muito legal.

O bichinho do ciúme é complicado, mas precisamos saber controlá-lo pra que ele não nos impeça de ter momentos incríveis ou conhecer novas pessoas.

Por mais que seja mais uma adaptação, hoje fiz uma nova amiga graças à música, que está sempre presente nos meus melhores momentos.

Não tem como negar...

Música é a minha vida!

Carnaval, viagem, curtição, sair com os amigos, dar risada, sol, praia e tudo o que é bom. Você sabe como é, né?

Ótimo!

Porque eu não sei! Hahaha.

Ah, estou fazendo um draminha.

Nem coloquei a cara no sol, mas até que foi bacana.

Aproveitei que ia ficar em casa e trabalhei no roteiro dos meus próximos vídeos. Acho que nem falei nada, né? Mas tenho um canal no YouTube há um ano, mais ou menos. Ainda bem iniciante.

É um ótimo meio pra falar de música e também contar algumas coisas interessantes e engraçadas da minha vida. O Gagui está me ajudando a preparar tudo pra gravar sobre o Totó. Não é todo dia que um cachorro te espera na porta de casa, né?

Falando sobre o Gagui... Chuta se ele está fazendo a parte dele nos cuidados com o Totó?

Se chutar "sim", vai acertar o vento e cair de bunda, porque não! Ele não está fazendo nada.

— Tá escrevendo o quê, hein?! — O garoto apareceu no meu quarto do nada e estourou um saco de pão.

MINHA NOSSA, QUE SUSTO!

— Nossa, moleque, quantas vezes já falei pra não fazer isso?

Eu levantei com um pulo da cama, bem brava (agora que estou escrevendo, estou calma, até porque, se eu me estressar toda vez que ele aprontar, vou passar a vida assim).

— Tá de segredinho, é? — Ele deu uma risadinha bem besta.

— Na verdade, o que escrevi não é segredo pra ninguém, não. É que você não tem palavra e tá me deixando cuidar sozinha do Totó.

— Nossa, Bibi, pra que falar assim? — Ele fingiu uma carinha triste. Quem vê, pensa que engana! Ah, tá!

— Falei alguma mentira? — Cruzei os braços e o encarei.

— Não, mas poxa... — Ele parou de atuar e deu uma gargalhada, sentando na minha cama. — Que horas vamos gravar? — Mudou de assunto.

— Vou tomar banho primeiro.

— Ih... Lá vai você ficar uma hora no chuveiro e acabar com a água do mundo.

— Eu não faço isso! Você sabe muito bem que

demoro uma hora no banheiro, mas é porque envolve o processo todo. Tomar banho, secar cabelo etc. Coisas que você nem sabe direito, né, Cascão? — Foi minha vez de provocá-lo, e ele fez uma careta, mas eu sabia que não estava nem aí. — Agora, chispa, senão eu vou demorar mais ainda!

Só de pirraça, Gagui fingiu arrastar as pernas pra fora do quarto, então eu empurrei suas costas pra tirá-lo rapidamente. Quando consegui expulsá-lo, corri pro banho, disposta a fazer tudo em tempo recorde. Até parece que eu o deixaria ter razão!

15 de fevereiro

Alguém aí me explica o que leva uma professora de história a passar um trabalho em plena volta do Carnaval? E pra piorar ainda mais, um trabalho em grupo e, como você já sabe, eu não tenho muitos amigos na sala.

Mudaram o Leandro de lugar porque ele estava zoando muito no fundão e, quando a professora falou que o trabalho era com os colegas, não demorou nem um segundo pra que a Jéssica o agarrasse, falando pra ele fazer o trabalho com ela e as amigas. Foi tudo tão rápido, mas tão rápido, que ele nem teve saída além de aceitar. E como era de se esperar nessa sala maravilhosa (sim, estou sendo irônica), eu sobrei.

Fiquei quieta no meu canto enquanto todo mundo gritava pra formar os grupos. É incrível como uma sala de aula se transforma em uma verdadeira zona toda vez que algum professor fala "formem grupos". É cadeira arrastando, povo gritando e pedindo pro professor se pode fazer grupo em 56.765 pessoas e sempre tem um que pergunta "pode trio de cinco?". A única coisa que causa mais zona que a palavra "grupo" é o sinal pro intervalo.

Quando deu uma acalmada, reparei que o Leandro estava falando algo com a professora e fiquei curiosa. Assim que ele terminou, pegou as coisas dele lá na frente e veio andando até mim.

— Vi que você estava aí sozinha e perguntei pra professora se podia fazer em dupla.

— E ela falou o quê?

— Disse que não. Aí vim zoar com a sua cara por você estar sozinha! — ele ironizou e começou a rir. — Óbvio que ela deixou. Estou aqui, não estou?

— Faz sentido! — Comecei a rir com ele.

Acabou que não fiquei sozinha. Realmente, me reaproximar do Lê foi a melhor (e única) coisa boa que aconteceu com a mudança de sala. Espero que não nos afastemos nunca mais.

O trabalho vai ser sobre a história do Carnaval e precisaremos apresentar na outra segunda-feira. Combinamos de eu ir à casa dele no domingo pra fazer o trabalho, porque sábado tem ensaio!

* * *

E quem diria que justamente o Leandro ia ser responsável por um momento extremamente constrangedor pra mim? Não que ele tivesse culpa, mas... ai!

Estava tudo tranquilo na hora do intervalo. Meus amigos e eu estávamos conversando e, graças a Deus, a Gabi (que agora, às vezes, lancha com a gente também) tinha ido ao banheiro.

— ... aí, nem terminei de ver.

A Ju comentava sobre uma série nova a que ela assistiu no Carnaval, quando o Leandro desceu da quadra, todo suado após jogar uma partida de futebol, e se sentou com a gente.

— Ei, Bibi, tem problema se a gente fizer o trabalho na sua casa domingo? Lembrei agora que minha mãe vai receber umas amigas e ela pode reclamar. Sabe como é, né? E, como somos vizinhos, acho que não vai ter problema! — Quando ele terminou de falar, dava pra perceber no olhar do Pedro e da Ju que só estavam esperando ele sair pra começar a me encher.

— Pode, sim, Lê! Sem problemas!

— Beleza. Vou lá no banheiro tentar dar um jeito nisso. — Ele apontou pra si mesmo e devo ter dado o sorriso mais sem jeito do mundo, torcendo muito pra que ele não percebesse.

— Tchau — Pedro e Ju disseram juntos enquanto ele saía. Eu fiquei muda igual a uma porta. — HUUUUUUUMMM! Já vai apresentar pra família? Tá ficando sério. — Eles se olharam espantados por terem falado juntos.

— Somos muito gêmeos! — Pedro falou, empolgado. — Enfim, Bibi, quando vai rolar o esperado beijo?

— Ai, gente, calem a boca! — O sinal tocou e quase pulei de alegria. — Vou pra sala, até mais!

— Tá vendo isso? Ela mal pode esperar pra ficar com o crush. — Ju falou, fazendo uma cara de apaixonada.

Meus amigos não prestam! Não que isso seja uma coisa impossível de se pensar, o Lê é bonito, mas, sei lá, melhor eu calar a boca ou nem pro meu diário vou conseguir me defender...

17 de fevereiro

Sabadinho bem comum, hoje. Fui ensaiar e, nossa, foi divertido demais!

— Uau! — a Ju disse, ao terminar um arranjo no teclado. — Estamos cada vez melhores!

— Não tinha como ser diferente, né? — Pedro se jogou em um dos pufes e suspirou, feliz. — Somos incríveis! Já podemos parar de ensaiar.

A Ju e eu nos deitamos nos outros pufes, dando risada.

— Menos, garoto, menos. — Apertei o braço dele, fingindo seriedade.

— Lá vem ela... — Ele revirou os olhos, me antecipando.

— Ah, seu tonto. Você sabe que ficamos incríveis justamente porque ensaiamos.

O Pedro fez uma careta e ficou me imitando falar, depois riu.

— Eu sei, eu sei. Você despreza o nosso talento natural. — Por mais que ele mantivesse o tom sério, estava sorrindo. Me provocando, como sempre.

— Uhum, uhum... — A Ju murmurava, mas nem prestava mais atenção na gente. Seus olhos estavam grudados no celular.

Cutuquei meu amigo com o ombro e ele balançou a cabeça, sem entender também. Às vezes, nossa amiga ficava cheia de segredinhos.

— Com quem que você tá falando?! — Eu me aproximei dela de repente, fingindo que ia pegar o celular e ela gritou, escondendo o aparelho.

Pedro franziu a testa pra mim e se jogou em cima da Ju, fazendo cosquinhas nela até que soltasse o celular.

— Ah, gente! — Ela reclamou quando nosso amigo desbloqueou a tela inicial e entrou no aplicativo de mensagens.

Pela forma como a Ju cruzou os braços e fechou a cara, eu nem precisava que o Pedro falasse de quem eram as mensagens.

— Jorginho de novo, dona Juliana?! — Ele arregalou os olhos e jogou o aparelho sobre as almofadas.

Ai, Ju... Não digo nada a princípio. Jorginho é um rolo antigo na vida da nossa amiga. Ok, eu sei que temos catorze anos e nada é tão antigo assim, mas é que ela gosta dele desde o terceiro ano e perdeu o BV com ele quando tinha onze. A partir daí, foi só ladeira abaixo. Eles tiveram um namorinho que acabou porque ele ficou com uma menina nova na escola que ele conheceu no ano passado. A Ju sofreu bastante, teve até um distúrbio alimentar (ainda em tratamento), porque achou que devia emagrecer já que a outra garota era muito, muito magra.

— Ele tá diferente... — ela respondeu, bem baixinho, como se estivesse se convencendo disso.

Pedro e eu não sabíamos muito bem o que dizer. Então ficamos ali, sentados um de cada lado dela, ouvindo-a dizer que ele tinha retomado o contato havia algumas semanas.

Parecia óbvio que ela não devia nem estar respondendo as mensagens dele, mas quem controla o coração, né?

* * *

Cheguei em casa ainda reflexiva sobre a história da Ju. O Gagui me pediu pra ajudar em um trabalho da aula dele, o que serviu pra me distrair. Ele precisava montar um videozinho falando sobre algumas coisas da cultura brasileira. Típico trabalho que pedem na época do Carnaval, tipo o que eu e o Lê vamos fazer amanhã.

Minha experiência com edição de vídeos está cada vez maior por causa do canal, e estou pegando cada dia mais gosto pela coisa.

Quando começamos a trabalhar no projeto, era pra ser um vídeo bem simples, mas não sei por que, sempre que o Gagui e eu trabalhamos juntos em alguma coisa, a gente não para até ficar perfeita!

— Meu, tá ficando muito louco! — ele falou empolgado.

— Claro que tá! Estou ajudando na edição — falei, meio que zoando ele com tom de "sou muito boa, eu sei".

— Em alguma coisa você tinha que ser melhor que eu, né? Em todo o resto, fica pra trás!

A gente não consegue ficar nem dez minutos sem um zoar o outro! Isso é muito da hora porque acaba que meu irmão é um dos meus melhores amigos. Fico feliz por isso, porque não é raro a gente ver casos de irmãos que nem se falam ou tem vergonha um do outro. Tipo o Paulo, irmão do Pedro. Ô menino idiota. Mas isso fica pra outro dia... Voltando pro Gagui, a gente briga também, muito até, mas, quando um precisa do outro, não importa pra que seja, o outro sempre está lá e tenho certeza de que vai ser sempre assim.

Estávamos concentrados pra terminar o trabalho logo porque, mais tarde, íamos ao cinema com nossos pais. O tempo estava bem apertado e, quando quase tínhamos terminado, do nada, o computador desligou!

— Que que aconteceu? — Gagui perguntou, preocupado. — Vamos perder o trabalho todo?!

Eu sabia que o programa de edição tinha uma configuração que salvava automaticamente caso desligasse, mas ele não sabia, então...

— Acho que sim, mano! — Coloquei a mão na testa. Olha, eu devia ser atriz! — E o pior é que, daqui a pouco, o pai e a mãe vão chegar. Você vai ter que fazer tudo de novo sozinho amanhã, porque aí vou ter o meu trabalho pra fazer.

— Ah, não, mano! Como desligou? Isso nunca aconteceu! Você tem que me ajudar! — Ele começou a ficar desesperado enquanto tentava reiniciar o computador e eu tentava segurar a risada.

Ele estava surtando de nervoso quando senti algo peludo nos meus pés, saindo debaixo da escrivaninha. Descobri o que tinha desligado o computador.

O Totó olhou pra gente com o fio do computador enrolado na pata e com a cara mais fofa do mundo, como se quisesse dizer "não fui eu". Ele saiu completamente debaixo da mesa e começou a fazer umas graças, tipo rolar no chão e tudo mais. Parecia que ele sabia que ia levar bronca e estava tentando amenizar. Esse cachorro é muito esperto.

— Não acredito que foi ele! — Gagui falou, meio com tom de "não posso dar bronca nessa coisa fofa". — Mas e agora, Bibi? Vou ter que fazer tudo de novo?

— Acho que sim. — Ouvimos a porta da sala se abrindo e a trollagem ficava ainda melhor! Que sorte! — O pai e a mãe chegaram, vamos ver o filme agora. Vai ter que se virar amanhã.

Terminei de falar e o computador ligou de novo. Gagui abriu o programa de edição correndo e viu que estava tudo lá, são e salvo. Eu não me aguentei e comecei a rir MUITO!

— Você já sabia, né? — ele perguntou com cara de "fui trollado".

— Já — respondi, sem parar de rir. — Relaxa, Gagui. Tá pronto, já. Amanhã a gente só finaliza. Vamos lá ver o filme.

— Vai ter volta essa trollagem, viu? Pode esperar. — Ele deu uma risada maquiavélica.

Respirei fundo e fiz uma careta. Ai, estou ferrada!

18 de fevereiro

Um dia bem nostálgico, eu diria. Já contei que o Lê e eu éramos muito amigos quando crianças, né? Ele mora literalmente aqui do lado e nossas mães são bem próximas, então acabou que ele foi minha primeira amizade.

É engraçado que, quando você é amigo de alguém desde muito cedo, todo mundo fala que um dia vocês vão se apaixonar e viver felizes pra sempre. Os adultos até fazem você tirar aquela clássica foto do selinho aos dois aninhos, que sempre que alguém vai na sua casa a sua mãe faz questão de mostrar, falando que foi o primeiro "namoradinho". Tudo bem que não é bem uma mentira isso, a gente até deu uma namorada que durou uns dez minutos, até que eu terminei falando que era muito nova e tinha muita coisa pra viver ainda. Eu só queria entender o que uma menina de oito anos achava que tinha pra viver, mas beleza, haha.

Falei pra ele que, quando a gente tivesse uns dezoito anos, a gente podia voltar e isso ficou meio que perdido no tempo. Afinal, o que alguém daquela idade poderia saber? Até hoje, eu não sei lá muita coisa.

Quando o Leandro chegou, minha mãe não podia deixar de fazer um show.

— Meu Deus, Leandro! Como você está grande, menino!

— Que nada, tia, continuo a mesma coisa. Só um pouco mais bonito! — Ele deu uma risadinha.

— Muito bonito! Mas você sempre foi lindo, né? Eu fico tão feliz em ver você e a Bibi andando juntos de novo, vocês se lembram disso? — Ela pegou a bendita foto do selinho.

— Claro que lembro, tia! Primeiro beijo, né? A gente nunca esquece. Tudo bem que a Bibi terminou comigo e eu nunca superei.

— Ai, mãe! — Coloquei a mão na testa com muita vergonha. — Vamos lá fazer o trabalho, Lê.

— Vão lá, mais tarde faço um café pra vocês! E trate de não sumir daqui de novo, hein? Viu só como foi bom mudar de classe, Bibi? Seu primeiro amigo voltou! — minha mãe falou, toda feliz.

Parecia algo muito importante pra ela nós estarmos nos falando de novo. Quando nos distanciamos, ela nunca parou de perguntar dele e tudo mais. Ela é legal com todos os meus amigos, mas o Lê é claramente o favorito dela.

— Meu, como você se lembra daquilo tudo? A gente era muito pequeno... — eu disse.

— Você não se lembra?

— Lembro, sim, mas, pra você, parece que foi ontem. Lembra de tudo.

— Falando nisso, você prefere Europa ou Estados Unidos?

Fiquei sem entender nada quando ele falou isso, mas respondi:

— Acho que Estados Unidos, por quê?

— Nossa lua de mel! Já temos catorze anos, faltam só quatro agora! — ele respondeu, e começamos a rir muito. — Sinto falta do que aprontávamos quando crianças. Era demais!

— Foi um bom tempo.

Ele ficou um pouco pensativo e até pareceu meio triste, mas logo se recuperou e deu um sorriso.

Enquanto fazíamos o trabalho, começamos a relembrar muitas coisas da nossa infância, até que caímos no assunto sobre por que nos afastamos:

— Mas o que aconteceu? Disso eu não lembro direito. Pra mim, um dia a gente estava conversando normal e no outro puf! quase não conversávamos mais. — Ele coçou a cabeça e franziu a testa, como se procurasse a resposta na memória.

— Não sei direito também. Primeiro, nos mudaram de sala, depois você entrou no time de futebol da escola e passava a tarde treinando, então, não voltávamos mais pra casa juntos... Acho que foi isso.

— Sempre o futebol. Amo esse esporte e, se pudesse, jogaria o tempo todo, mas me separar de você não foi legal, não.

— Mas nem se você jogasse o tempo todo seria melhor do que eu! — brinquei.

— Beleza! Vamos ver se você continua boa mesmo: vamos jogar comigo e com os outros moleques da sala amanhã!

— Fechou! Vou lá mostrar pra esses meninos como se joga!

— Quero só ver. Bom, não importa exatamente por que nos afastamos, o que importa é que nunca mais vamos deixar isso acontecer, combinado?

— Combinado! — respondi, sorrindo.

Uma das melhores coisas do mundo é se reaproximar de um amigo sincero de quem você se distanciou. Não importa qual foi o motivo, se foi briga ou se foi alguma outra coisa da vida que separou você de alguém que você gosta, a vida é muito curta pra deixar quem você gosta ir embora. Amizade é a base de tudo e são os amigos que vão nos manter em pé quando fraquejarmos, né?

Quando terminamos o trabalho, ele foi pra casa. Fiquei pensando no quanto o dia tinha sido bom. Fazia tempo que não tinha uma manhã de domingo tão legal.

Nossa, "manhã de domingo", gostei. Tá aí um bom nome pra uma música.

Quem sabe, né?

19 de fevereiro

Estou assistindo a um vídeo antes de renderizar e mandar pro YouTube. A vida de quem está começando nisso é bem complicada. Tudo acontece beeem devagar, a gente sempre acha que vai postar um vídeo hoje e vai acordar amanhã do tamanho do Rezende, mas, infelizmente, não é assim. Às vezes, você trabalha pra caramba, edita tudo com o maior cuidado e aí vai lá e tem doze views.

Eu sou de boa com isso de o canal não crescer. Estou me divertindo, tá tranquilo. O problema é que tem as pessoas idiotas da escola que ficam me zoando e, por mais que eu não ligue, tem hora que enche, né? A galera martela, martela, até eu perder a linha ainda mais. Eles são totalmente sem limites quando se trata de zoeira.

Cheguei à escola hoje preparada pra ouvir besteira, porque, pela primeira vez, resolvi gravar um vídeo lá. Aproveitei que o Lê me chamou pra jogar bola com eles no intervalo e pensei: "Por que não gravar um desafio de futebol?". Falei com os meninos e eles toparam, então, já é!

Eu amo futebol desde pequena. Lembro que meu pai chegava do trabalho e pegava a bola pra jogar com a gente. Olha, eu sou muito mais apaixonada pelo esporte que o Gagui. E jogo melhor também, mas ele jamais vai assumir.

Por tudo isso, é natural que eu esteja elétrica pra jogar com os meninos. Aqui na escola não tem time misto, e desde o ano passado que não temos quantidade suficiente de meninas inscritas pra formar um. Isso me deixou bem frustrada. Então, o convite do Lê veio na hora certa. Ele é o melhor jogador do time e o técnico não ia se opor se a gente pudesse curtir um pouco fora do horário do treino.

O intervalo chegou e era hora do show!

A Gabi, o Pedro e a Ju foram assistir. Enquanto os dois primeiros acenaram pra mim, a Ju estava toda ligada no celular. Dei um suspiro triste. Não sei bem explicar a razão, mas estou com um mau pressentimento. Vontade de pegar o Jorginho e arrastar a cara dele no asfalto (pelo menos, na minha mente). Decidi conversar com minha amiga depois. Quem sabe chamá-la pra ir lá em casa tomar sorvete e falar sobre garotos?

Minha nossa, se eu fizer isso, terei que falar sobre mim também, mas será por uma boa causa, né? Se eu me abrir, ela vai se abrir também e poderei ajudá-la, caso precise. É, Bibi... Vale tudo quando se quer ajudar um amigo, até mesmo ficar roxa de vergonha ao falar do crush que, aliás, estava me encarando quando voltei a olhar pra quadra.

— E aí, não vai rolar? — o Leandro perguntou, fazendo sinal com a mão.

— Claro! Só se for agora. — Dei um sorrisão e me concentrei no que precisava fazer naquele momento.

Montei o tripé e coloquei a câmera pra filmar. O Gagui apareceu filmando com o celular dele pra termos mais ângulos e começamos o jogo.

O vídeo era bem simples: eram três desafios em dupla e quem tivesse mais pontos no final, obviamente, ganhava.

As duplas eram o Lê e eu contra o Bruno e o Vitinho, dois amigos dele. Primeiro desafio: chutar bola no ar e fazer o gol. Eu não pratico tanto quanto antes e bateu um medinho na hora, mas me concentrei e dei o meu melhor. Adivinhem: deu a lógica e ganhamos! Quando eu fiz o gol bem no ângulo, os moleques se olharam, abismados, menos o Lê... O Lê olhava todo orgulhoso pra mim. Ai, Deus, certeza que fiquei vermelha.

O segundo já era um pouco mais complicado – clássico desafio do travessão – e, nesse aí, não deu: eles ganharam.

— Sabe que nós deixamos, né? — O Leandro provocou. — Deixamos pra dar mais emoção... — Ele deu uma gargalhada. Perdemos, mesmo.

E chegou a hora do último: a decisão. Nesse, o fato de eu estar há tanto tempo sem jogar pesava mais. O desafio era 2 x 2 com outro amigo deles no gol. Quem fizesse o primeiro gol ganharia.

Eles começaram com a bola. Vitinho puxou a bola pra me driblar e, infelizmente, amigos, tomei o rolinho.

— O que vale é gol — respondi na mesma hora em que o Leandro pegou a bola dele e saiu correndo em direção ao gol.

Fui correndo ao lado dele e, quando ele viu, rolou a bola pro lado e eu chutei em cheio!

— Gol! — Corri e a abracei o Lê. Talvez tenha sido forte demais ou algo do tipo, porque ficaram olhando meio como se tivesse pintado um clima, sei lá. Primeiro, fiquei constrangida, mas depois vi aquele mesmo olhar de orgulho de quando ganhamos o desafio número um e, poxa... meio que derreti.

— Ganhamos, patos! — zoei com eles. — É isso aí, galerinha, se você gostou deixa seu like e não se esqueça de se inscrever no canal! — falei, olhando pra câmera.

O desafio acabou exatamente ao mesmo tempo que o intervalo. Quando estávamos descendo a escada em direção às salas de aula, vi que a Jéssica estava assistindo a gente jogar e gravar o tempo todo, e eu sabia que não podia sair algo bom dessa situação.

Na sala, como era de se esperar, Jéssica e suas Minions estavam assistindo a alguma coisa no celular, rindo e olhando pra mim. Algo me disse que tinha a ver comigo.

— Engraçado ela fazer vídeo desses bonequinhos quadrados, sendo que ela parece uma bolinha. — Quando ouvi uma das amigas dela, de quem nem sei o nome, falar aquilo, não me aguentei e fui tirar satisfação.

— O que é que você falou? — perguntei, já com um tom bem bravo.

— Nada, não — ela respondeu.

— Melhor falar...

— Ou você vai fazer o quê? — Jéssica me interrompeu. — Rolar em cima da gente? — Ela e as seguidoras começaram a rir e eu não sabia se estava triste ou com raiva. Na verdade, sabia sim: os dois! Mas, naquela hora, a raiva prevaleceu.

— Você não falou isso... — Dei um passo à frente.

— PROFESSORA, A BIANCA VAI ME BATER! — ela gritou, fingindo desespero.

É claro que eu não ia bater nela. Tá, até pensei em empurrar, mas eu nunca faria isso. Pensar não é fazer. Meu sangue tinha subido e eu não tinha visto que a professora estava lá na porta.

— O que está acontecendo? As duas pra diretoria!

Saímos da sala acompanhadas pela professora e sentamos ao lado da sala da diretoria esperando pra sermos chamadas. Não demorou muito, o Leandro apareceu, me procurando com o olhar.

— O que é que aconteceu? — ele perguntou.

— Essa louca tentou me bater. — Jéssica se fez de vítima, pra variar.

Eu não falei nada, só olhei e tenho certeza de que ele entendeu. Quando éramos pequenos, nunca precisávamos usar palavras pra fazer o outro entender o que queríamos dizer. Agora, parece que essa conexão só estava ficando mais forte.

— Tá legal, boa sorte pra vocês. — Ele deu uma risada meio bufando e saiu em direção à sala.

Ficamos ali uns dois minutos esperando até a diretora chamar. Foi quando percebi que aquele negócio de que "o tempo é relativo" é verdade, porque pareceram umas duas horas até ouvirmos as palavras:

— Podem entrar, meninas. O que aconteceu? — a diretora perguntou.

— Essa louca tentou me bater. Estávamos só brincando com ela, que não aguentou e partiu pra agressão.

— Ela, mais uma vez, se fez de vítima e mentiu pra caramba, né? A menos que pensamento agora valha como ação, eu não fiz nadinha.

— Brincando comigo? Me chamar de gorda é brincar? — Confesso que levantei a voz, mas foi por não estar aguentando mais aquela menina!

— Quando te chamei de gorda? Você entendeu errado, Bibi, eu quero ser sua amiga, até assisto ao seu canal no YouTube.

Como alguém consegue ser tão falsa? Sério.

— AMIGA?! — Tá, aí eu gritei.

— Já chega! — a diretora falou, com a voz firme. — Ela só estava brincando, Bianca. Cuidado com o seu tom nas brincadeiras, Jéssica — ela orientou, e aquela idiota fez a maior cara de arrependida. — E você, Bianca, tente aceitar mais a aproximação dos colegas e entenda que não toleramos violência neste colégio. Vou ter que mandar uma ocorrência para seus pais.

— Tudo bem, pode mandar a ocorrência. — Comecei, bem nervosa, mas tentando me acalmar pra que a diretora não encarasse isso como uma falta de respeito. — Mas eu não tenho que aceitar a aproximação de alguém que só quer implicar comigo e me deixar mal. Ninguém tem que aceitar algo assim. Isso é bullying e deve ser combatido.

Percebi que a diretora não sabia bem o que falar. Até parecia mesmo que ela tinha concordado comigo, mas estava perdida em como se posicionar. Que porcaria, né?

Eu simplesmente não acredito que a Jéssica conseguiu se safar da diretora. Como que alguém assim sempre consegue o que quer?

Agora, vou ter que explicar tudo isso pros meus pais. Só espero que eles acreditem em mim, alguém tem que acreditar...

* * *

Quando cheguei, já sabia que a escola tinha ligado pra eles pra contar a versão "oficial" da história. Ou melhor, a versão da Jéssica.

Como era de se esperar, assim que cheguei, minha mãe disse:

— Filha, precisamos conversar sob...

— Já sei, mãe, te ligaram da escola — interrompi. — Não foi exatamente daquela maneira que aconteceu, você tem que acreditar em mim.

— Eu acredito, filha. E a diretora também, ela mesma me falou, mas ela tinha que fazer isso para cumprir as regras. Reagir com violência não é o melhor em nenhuma situação.

— Eu não reagi com violência! — Fui tão ríspida que ela só me olhou e ergueu uma sobrancelha.

— Essa reação é um tanto violenta, Bibi, ainda que não seja física. — Ouvi, apertando os lábios. — Agora, me conta exatamente o que aconteceu.

— Eu estava de boa, mãe, muito de boa. Todos os dias alguém zoa o fato de eu ter o canal, mas com isso eu já me acostumei...

— Por que zoam? O canal é tão legal.

— Porque as pessoas são idiotas, mas não foi isso que aconteceu. Essa menina faz de tudo pra me atingir, mãe, TUDO! Não importa o que seja, ela sempre dá um jeito de me colocar pra baixo, ela pega no ponto fraco sempre.

— Que ponto fraco? — ela perguntou, passando a mão nos meus cabelos.

— Meu peso... Ela disse que não fazia sentido eu fazer vídeo de bonecos quadrados, os do Minecraft, sendo que na verdade eu sou redonda.

— Ai, Bibi. Primeiro que você não está gorda e, mesmo que estivesse, quantas vezes já conversamos sobre as pessoas serem muito mais que aparência? Você está ficando cada dia mais linda, e tem mais, você sempre foi tão descolada e fora dos padrões. Filha, o mundo está ficando cada vez pior, as pessoas estão ficando frias e superficiais, mas você, não! Você é diferente e isso é uma coisa boa! Isso te deixa ainda mais linda... — Ela ficou me olhando com tanto amor que não resisti e abri um sorriso tímido. — ...e tenho certeza de que o Leandro também acha isso. — Ela deu uma piscadinha.

— Para, mãe — respondi e ri ao mesmo tempo. Não estou enganando mais ninguém. — Obrigada pelas palavras. Eu tento não ligar, é que às vezes essas brincadeiras ficam tão repetitivas que enchem a paciência, mas eu nunca ia bater nela... Queria intimidá-la e fazê-la parar. Só isso.

— Eu sei que não ia bater nela. Te conheço. — Ela se ajeitou no sofá e olhou no fundo dos meus olhos. — Vou te dar um conselho: sempre que ela ou qualquer pessoa te provocar, lembre-se de que o que elas querem é que você estoure e brigue, então, se você perder a paciência, estará dando exatamente o que elas querem.

Nesse momento, comecei a voltar os meus pensamentos para todas as vezes em que ela me provocou e eu não liguei. Realmente, quando eu não ligava e saía, ela ficava com uma cara de "que droga, não acredito que ela não ligou" e depois voltava com alguma coisa mais pesada.

— Valeu, mãe, tanto pelos conselhos quanto por acreditar em mim — respondi, sorrindo.

— Eu sempre vou acreditar em você. Te amo, filha.

— Também te amo, mãe! Falando nisso, cadê o pai?

— No quarto do Gagui, postando no Facebook sobre o Totó. Alguém deve estar muito desesperado atrás dessa coisa fofa! — ela falou olhando pra ele, que ficou sentado na frente da gente durante a conversa inteira.

— Vocês ainda estão fazendo isso? Ninguém veio atrás dele até agora, ele veio pra ser nosso!

— Se você tiver razão, e espero que tenha, pode ficar tranquila que ele vai ser nosso.

Depois disso, foi só mais um dia normal: almoçamos, fiz as tarefas da escola, brinquei com o Totó, jantamos, joguei com o Gagui e vim pro meu quarto escrever.

Apesar de eu ter adorado a conversa com minha mãe, não foi um dia muito bom. Não só pelo que aconteceu na escola, mas agora tem isso de os meus pais estarem atrás do possível dono do Totó. Não quero que ninguém esteja por aí sofrendo por causa dele. Espero de coração que ele não tenha dono. Ele é o cachorro mais bonzinho que existe e queria muito ficar com ele. Ele não saiu do meu lado até agora e espero que fique assim, do meu lado por muitos e muitos anos. Mas, se tiver um dono, mais do que justo entregar a ele. O que posso fazer?

Bom, espero que amanhã seja melhor que hoje. Na verdade, sempre espero isso, mas hoje é BEM sério... Ajuda *nóis* aí, mundo!

Estava fazendo a lição de literatura, pensando no olharzinho que vi #Malícia trocando hoje, quando o Leandro puxou a cadeira e se sentou ao meu lado.

— Você tá quietinha hoje.

— Que nada, Lê. Estou pensativa só.

É claro que eu não ia contar pra ele que estava tentando bolar um plano para fazer nossos professores namorarem, né? E nem era só isso: eu não conseguia deixar de pensar na Juliana. Estava doida pra chegar logo a hora do intervalo pra que pudéssemos conversar um pouco.

— Foi tudo bem em casa ontem?

— Foi, sim. — Dei um sorriso pra ele perceber que estava sendo sincera. — Minha mãe conversou comigo e depois meu pai também, e eles entenderam a situação.

— Ah, ótimo, porque eu já estava pensando em passar lá e contar que você era inocente. A Jéssica meio que não para, né? — Ele abaixou o tom de voz bem na hora que ela nos encarou, estreitando os olhos.

— Meio, não, né? Completamente. É fogo, mas vou tentar não dar atenção a ela. — Contei o que minha mãe tinha dito e ele concordou, voltando pro seu lugar antes que tomasse bronca.

Ele deu uma piscadinha e isso fez com que eu me sentisse muito bem.

Por outro lado, acho que deu dor de estômago na Jéssica, porque ela ficou se retorcendo toda na cadeira.

* * *

Saí da sala apressada e segui assim pelos corredores. No pátio, sentados em um canto, estavam a Ju, a Gabi e o Pedro. Quase fui até eles, mas aproveitei que a Ju estava com a cara enfiada no celular e mandei uma mensagem:

CÓDIGO VERMELHO!

Ela leu e se levantou, falando qualquer coisa pros outros dois e caminhando rápido pro banheiro.

Ok, eu menti. Esse era o nosso código quando estávamos com algum problema e precisávamos desabafar.

Eu sabia que ela teria que passar pela sala dela, então, corri pra encontrá-la no caminho. Quase trombamos.

— Que susto! — ela disse, surpresa.

— Não me odeie, mas acabei de violar nosso código e o usei em vão.

Em vez de ficar brava, ela ficou branca e depois vermelha, que é como fica quando está preocupada.

— Tá tudo bem com você?

— Tá, sim... — Segurei o braço dela e nos tirei do meio do corredor, onde toda hora passava alguém. Entramos na sala vazia e perguntei: — E com você, tá tudo bem, Ju?

— Claro que sim. — Ela olhou pro celular.

— Quer responder a alguma mensagem?

— Não, não é isso não. — Apertou os lábios e lá foi olhar pro celular de novo.

— Você voltou mesmo com o Jorginho? — Juro que tentei, mas minha voz não saiu muito favorável.

— Ainda não. — Ela não resistiu e entrou no WhatsApp.

— Que tanto você olha aí?

— É que estava indo tudo bem, sabe? Ele me chamava todo dia pra conversar. Eu até me segurava pra responder. — Acho que minha expressão na hora foi bem incrédula, porque ela começou a balançar a cabeça sem parar. — É sério, Bibi. Sei que eu sou desesperada e corro pra responder tudo, mas eu tava esperando uns dois ou três minutos antes de falar qualquer coisa.

— Certo. — Bom, dois ou três minutos pra ela é realmente muita coisa. — E aí?

— A gente começou com essas conversas no dia seguinte ao Carnaval. — Espero que meu sorriso amarelo não tenha deixado claro o que pensei: que ele pegou todas no Carnaval e aí resolveu ciscar em quem teve o maior trabalhão pra superá-lo.

— Só não me diga que ele mandou um "oi, sumida".

A Ju ficou muito vermelha.

— Ah, Bibi, ele quis fazer uma brincadeira, né?

— Sei. E aí?

— Foi tudo ficando bem e cada vez melhor. Ele falou que queria me ver e eu desconversei. Aí, ontem à noite, perguntei quando íamos nos ver e ele visualizou e não respondeu até agora. — O desespero em sua voz era evidente.

Acho que todo mundo sente um pouco de ansiedade quando está esperando alguém que gosta responder uma mensagem, né? É bem normal. Dá aquele friozinho na barriga enquanto esperamos e, quando a mensagem finalmente chega, nossa, o coração chega a derreter, mas a Ju estava dedicando toda a atenção dela ao celular e eles nem voltaram ainda (como ela disse).

Eu odeio o Jorginho. Odeio com todas as minhas forças. Sabe quando você bate os olhos em alguém e sabe que a pessoa não é legal? Então... Sempre tento não ser assim e não cometer nenhum julgamento precipitado, mas esse cara... Puxa, só a Ju não via que ele ficava com outras meninas enquanto prometia que ficaria só com ela.

Ele também tinha uma mania estúpida de ficar falando que meninas magras eram mais bonitas e estava sempre colocando defeito na Ju. Tanto que ela começou a comer cada vez menos, até ficar bem doente.

Abri a boca pra dizer que ele não prestava bem na hora que o celular vibrou e ela deu o maior sorriso que eu já tinha visto.

— Olha, Bibi! Ele respondeu. Ah, tadinho. Estava enrolado com algum problema dos pais.

Os pais da Ju são separados, e ela não superou essa situação. Não que isso seja errado. Como se supera isso? Mas a questão é que, quando problemas com pais são mencionados, ela aceita qualquer desculpa. Todo mundo sabe disso, incluindo o Jorginho.

— Eu não quero que você se machuque, Ju. — Foi o que eu disse enquanto ela digitava freneticamente uma resposta.

— Não vou. Ele tá diferente. Já se passou um tempão. Ele está mais maduro.

Acho complicado falar na maturidade de um cara que até o ano passado estava tirando meleca do nariz e colando embaixo da mesa, mas, como dizem, o amor é cego.

Eu estou com uma sensação muito ruim. Muito mesmo. E não sei o que fazer, além de observar, aconselhar e ficar por perto pra ver onde essa história vai dar.

Mas tem uma coisa que eu sei: se esse moleque idiota machucar a minha amiga de novo, não vai ter nada que me impeça de ir lá e resolver o problema eu mesma.

Meu pai costuma dizer que, às vezes, não há nada que podemos fazer além de deixar o tempo passar. Farei isso, mas sem bobear. A Ju não vai ficar doente dessa vez.

19 de maio

Eita que o tempo passou e eu nem vi!

Faltam cinco dias pro meu aniversário!

Dizem que o tempo passa rápido quando as coisas estão bem e até posso concordar. Nos últimos três meses, a minha vida escolar se estabilizou. A Jéssica e eu estamos meio que em uma guerra fria, que consiste em encaradas e nada mais. Os ensaios com a banda estão de vento em popa. O Lê continua sendo parte importante da minha vida e nos aproximamos ainda mais. Conversamos todos os dias por mensagens, além do tempo que passamos na escola. Ele aparece pra jogar Minecraft também, apesar de fazer tudo errado. Às vezes, acho que ele erra de propósito só pra me fazer rir. O problema é que, quando ele vai embora, o Gagui surge imitando minha risada. Como se ela fosse diferente pro Leandro, até parece!

Meus outros amigos também estão bem.

Pois é, a Ju, que era a minha maior preocupação, está muito bem. Óbvio que a praga do Jorginho voltou mesmo, mas ela está feliz. Tenho certeza, porque, como dizia meu avô, estou com meus olhos de águia ativados.

Voltando à programação normal, estamos em maio e, como já falei, a cinco dias do meu aniversário. O Pedro finalmente está se conformando com o fato de que não vou fazer uma daquelas festas de quinze anos padrão, com vestidos e valsa. Meu, isso não é nada a minha cara.

Sorrio ao me lembrar da cara dramática do Pedro quando contei que não ia ter nada disso.

Ele aceitou, suspirando.

É que eu não ligo nada pra essas coisas. Vou fazer algo aqui em casa pros mais próximos e fim.

Acordei bem tranquila nesta manhã de sábado. Quando minha mãe me chamou, ela estava bem meiga. Não que ela não seja assim normalmente, mas hoje tinha alguma coisa estranha. Estava falando comigo com muita delicadeza, mesmo sabendo que não sou dessas. Sentei pra tomar café da manhã e perguntei:

— Tá tudo bem, mãe?

— Tá, sim, filha. Sabe o que tem hoje pro almoço? Espaguete à bolonhesa! — Opa, minha comida preferida? Aconteceu alguma coisa, com certeza!

Comecei a olhar em volta pra reparar se tinha alguma coisa estranha. Seria alguma surpresa de aniversário?

Depois de não notar nada diferente na cozinha, reparei que o Totó não tinha vindo me dar bom dia pulando igual um doido, como de costume. Meu coração apertou um pouquinho.

— Mãe, cadê o Totó? Alguém saiu com ele? Ele não ia tomar banho só na segunda? — A única coisa que poderia fazê-lo sumir era o banho.

— Então, filha. — Ela sentou ao meu lado e meu pai entrou na cozinha, encostando no batente da porta. — O dono do Totó apareceu hoje mais cedo e tivemos que devolver.

— Quê?! — respondi já com lágrimas nos olhos. — Como vocês sabiam que era ele mesmo? O Totó já está há cinco meses com a gente e até hoje esse tal dono nunca tinha aparecido, ele não pode chegar aqui do nada e tirar meu cachorro!

— Ele tinha várias fotos com ele, carteirinha de vacina e tudo — meu pai respondeu.

— E agora? Não vou vê-lo nunca mais? — Estava tentando não chorar. — Nem pude me despedir...

— Provavelmente, não o verá mais, filha. O dono dele é do interior. O Totó fugiu quando ele estava visitando um parente aqui em São Paulo. — Meu pai passou a mão nos meus cabelos.

Nessa hora, eu não sabia o que sentir. Fiquei sem chão, de verdade.

Encostei a cabeça na mesa e ouvi uma risada.

— Por que você tá rindo? Ele foi embora e nunca mais vai voltar! Eu sei que você não teve cachorro na infância, mas tenta me entender! Não é hora de rir, pai. — Consegui falar tudo isso sem chorar, mereço um troféu.

Minha mãe entrou na onda da risada. Aí, a ficha caiu.

— Vocês estão me trollando, né? — perguntei, rindo, com aquela cara envergonhada de "fui pega".

— Estamos! — Eles não conseguiam parar de rir. — E vai pro seu canal esse vídeo! — Meu pai apontou pro vaso de plantas que fica ao lado da mesa e mostrou que o celular dele estava lá filmando tudo.

— Eu não acredito nisso! — Aí, eu já estava rindo junto. — Vai ter volta, viu? Enfim, cadê o Totó?

— Tomando banho, conseguimos uma vaga para hoje. Interessante que seu cachorro e seu irmão sumiram e você só repara no cachorro — minha mãe brincou.

— Nossa! Cadê o Gagui? O verdadeiro dono veio buscar? — ironizei.

— Não, ele foi comprar pão, mesmo.

— Ah, poxa, não foi dessa vez que me livrei dele! — Brinquei quando ouvi que ele já estava entrando pela porta.

— Eu ouvi isso, viu? Pode ficar quieta que você me ama! — ele gritou da sala.

— Se você acha...

Cara, eu AMO a minha família. Só eles mesmo pra fazerem uma coisa dessa. Tem que levar na brincadeira, né? Ainda mais que vivo trollando todo mundo, mas que vai ter volta, isso vai!

24 de maio

Meus quinze anos...

Primeiro, me deseje parabéns!

Segundo, meu aniversário foi bem diferente do que o da maioria das meninas da minha idade.

Quase todas elas (e o Pedro) sonham muito com este dia, quando você deixa de ser menina e se torna mulher. Em teoria, né?

Porque ninguém acorda na manhã dos quinze anos transformada em mulher, certo? Sou menina. Sou adolescente. Sou mulher... Minha nossa, sou tanta coisa que ainda nem sei ao certo quem sou por inteiro. Aprendo mais sobre isso a cada dia.

Pra falar a verdade, tem uma galera que não amadurece nem com trinta, então, não é uma troca de sapatilha por salto alto que vai me tornar mulher.

De qualquer forma, eu nunca fui o tipo de menina que sonha com essas coisas e, muito menos, com salto alto. Sinceramente, prefiro que meus pais guardem esse dinheiro pra gente viajar ou fazer qualquer outra coisa em família. E quando eu ia imaginar que, mesmo sem dizer nada, isso estava muito perto de acontecer?

— Bom dia, filha! — minha mãe me disse quando entrei na cozinha pra tomar café da manhã.

— Bom dia, mãe!

— Pega aquele papel embaixo do micro-ondas, por favor? — ela me pediu.

Quando peguei, vi que era um envelope bonito com o meu nome. Imaginei que era dinheiro que meus avós tinham me dado de presente, coisas da minha vó. Abri o envelope e surtei!

ERAM PASSAGENS PRA NOVA YORK!

— Nova York?! Eu não acredito! Muito obrigada, mãe!

— Feliz aniversário, filha! — Meu pai entrou na cozinha e me abraçou, seguido do Gagui.

— Feliz aniversário, chatona! — O Gagui deu uma piscadinha. Definitivamente, eu tenho a melhor família do mundo! Ir pra Nova York é um dos maiores sonhos da minha vida e, agora, sei que vou realizar nas férias de julho!

— Parabéns pra você, nesta data querida! — Minha mãe puxou e todos começaram a cantar.

Meu aniversário nem tinha começado ainda e já estava sendo inesquecível. Eu mal podia esperar pelo resto do dia.

* * *

Olha, não sei se tem um anjo da guarda do aniversário aí. O que eu sei é que as aulas foram bem tranquilas. O Leandro até puxou um "parabéns pra você" na sala e eu me surpreendi com o pessoal cantando e me cumprimentando. Até as amigas da Jéssica participaram. Ela, não, mas porque ela faltou.

Mesmo eu não querendo fazer aquela festona e meus pais já tendo me dado a melhor surpresa de todos os tempos, eu não ia deixar passar o dia em branco, então combinei com meus amigos de eles virem aqui em casa pra fazermos uma noite de filmes e comer um bolinho. Só aqueles de sempre: Pedro, Ju, Gabi e Leandro.

À tarde, passeei com a minha família. É meio que tradição fazer do dia do aniversário um dia especial, e foi o que fizemos. Meus pais buscaram o Gagui e eu na escola e depois almoçamos em um restaurante japa aqui perto de casa, que é MUITO bom. Não gosto muito de comida crua, mas todo o resto eu como muito! É uma das minhas comidas preferidas.

Depois do almoço, fomos ao shopping e meu pai me deu uma jaqueta camuflada verde, e já sei que vou usar tanto que vai virar minha segunda pele. Só vai ter foto com ela no Insta agora!

Chegou a hora de a galera vir aqui em casa. Já estava tudo preparado: pipoca feita e muito refrigerante.

Eu estava terminando de me arrumar. Sei que é estranho me arrumar pra ficar em casa assistindo filme, mas é que, sei lá... vinham meus amigos e o Leandro... O Leandro é meu amigo, mas falar dele separado é meio me entregar mesmo, né?

Quando terminei de secar o cabelo, ouvi tocar a campainha e fui abrir:

— Parabéns pra você! Nesta data querida! Muitas felicidades! Muitos anos de vida! — Eles chegaram todos juntos e começaram a cantar na rua.

— Valeu, gente! Vamos, entrem aí!

Nós nos organizamos no sofá e colocamos o filme. Nada melhor pra fazer em aniversários do que relembrar a infância, então, colocamos *High School Musical*, desde o primeiro, porque é maratona, certo?

— Vamos ver esse filme de novo? Todo mundo já assistiu! — Pedro reclamou, mas foi só pra irritar mesmo, ele adora fazer isso.

— Vamos, mano, é da hora esse filme — Leandro respondeu, surpreendendo todo mundo.

— Você gosta? — perguntei.

— Lógico. Por que eu não posso curtir esse filme? Eu sou o Troy em pessoa, galera!

— A Bibi sempre falou que era a Gabriela... Hum, sinto algo no ar. — Juliana não podia deixar essa passar, né?

— Sou mesmo. Canto e sou inteligente, igualzinha! — respondi.

— Então, provem que são vocês dois, dancem aí! – O Pedro PRECISAVA fazer isso. Ele não tem limites!

— Beleza. *Take my hand*! — Ele esticou a mão pra mim pra dançarmos valsa, como no filme. Fiquei roxa, mas fui!

Dançamos cantando a música uns dez segundos até o Pedro soltar um "shippo" e todo mundo começar a rir, e, enquanto todo mundo rachava o bico, o Leandro e eu não conseguíamos parar de sorrir um pro outro.

— Bom, depois desse show lindo ao vivo, vamos assistir? — Gabi perguntou, toda feliz. Acho que não conheço pessoa mais empolgada que ela.

— Vamos! — respondi, ainda sorrindo.

Durante o filme, fiquei refletindo sobre como estava o ano até aquele momento. O terceiro filme fala sobre o último ano do ensino médio e sobre como estava tudo prestes a mudar.

Querendo ou não, aconteceu isso comigo este ano: no primeiro momento, a mudança de sala foi horrível, a pior coisa que poderia ter acontecido, mas sentada naquele sofá com meus amigos e depois de passar um dia incrível com a minha família, consegui enxergar que não é uma mudança de sala que vai me separar de quem eu amo. As mudanças vêm pra ajudar a nossa vida. Se eu não tivesse mudado de sala, não teria me aproximado de novo do Leandro, e isso foi uma das melhores coisas que aconteceram. E, por mais que a sala ainda seja ruim em muitos fatores, ele estar lá o tempo todo compensa tudo. É um sentimento estranho, não sei explicar ainda.

Por enquanto, as únicas coisas que sinto são paz, felicidade e gratidão. Houve um momento em que tudo o que eu quis foi que as coisas voltassem ao normal e hoje vejo que, na verdade, ficaram melhores. Era só deixar o tempo passar, me esforçar e ter fé.

10 de junho

— Bibi, Bibi! — A Juliana entrou correndo na minha sala assim que bateu o sinal do intervalo.

— Que foi, Juliana?! — É muito raro eu a chamar pelo nome inteiro, mas ela mal conseguia respirar e eu me assustei.

— Olha! — Ela enfiou o celular no meu nariz. Tive até que me afastar um pouco pra ler.

Preparada pra surpresa amanhã?!

Era uma mensagem do Jorginho. Reencontrei ele só na semana passada, quando ele apareceu em um dos nossos ensaios. Pra mim, parece o mesmo babaca de sempre, com comentários sobre o que a Ju come ou deixa de comer, mas ela parecia feliz e nada de perder peso de repente, então não havia muito o que eu podia fazer.

— Que legal, Ju! — Fui sincera. O que mais quero é que ela fique bem, né?

Ela ficou dando pulinhos no lugar enquanto jogava os cabelos loiros e cacheados pra trás.

É, não posso negar que era uma energia contagiante!

12 de junho

Chegou o Dia dos Namorados e, pela primeira vez, começo a pensar que eu poderia estar namorando. É engraçado como as coisas mudam em um ano. O Dia dos Namorados passado foi apenas mais um dia. Se alguém me falasse pra arranjar um namorado, teria até ficado brava. Eu dizia que era nova demais, e ainda sou, né? Mas hoje, sei lá... Talvez ter um namorado não seja tão ruim quanto eu pensava.

Eu não sabia que existiam tantos casais na escola. Hoje, no intervalo, pra todo lado que olhava, tinha um casal. Eles nem estavam fazendo nada de mais, porque na escola não pode. Só estavam ali se olhando e passando um tempo juntos, como se não pudessem sair do lado do seu "par" neste dia e, por mais que seja engraçado, confesso que tive um pouco de vontade de estar assim também.

Como sempre, fiquei com Pedro, Ju e Gabi ao lado da quadra, observando o jogo dos meninos, em especial, o Lê, que começou a andar bastante com a gente desde o meu aniversário.

Quando voltamos pra sala de aula, parecia que estávamos em um parque romântico. Tinha casais pra todo o lado. Era como se estivéssemos no *The Walking Dead* do amor. Eles nem piscavam. Tudo zumbizinho apaixonado.

Peguei a apostila de Geografia e vi o Leandro mexendo na mochila, na carteira ao lado. A Jéssica veio na nossa direção, mas não com o olhar de "vou te humilhar" de sempre, ela estava com um olhar até que simpático.

— Oi, Bianca. Oi, Lê. — Ela estava querendo alguma coisa. *Calma, Bibi. Não julgue antes da hora.* — Fiz isto aqui pra você, Lê. — Ela entregou um cartão cheio de coraçõezinhos pra ele. É, eu não estava errada. Precisava entregar na minha frente?

— Ah, valeu, Jé! — Ele respondeu tooodo simpático.

Eu sabia que ela queria algo! Tudo bem que não foi o único cartãozinho que ele recebeu hoje. O Leandro é o queridinho das meninas da escola. Eu não liguei pra nenhum dos cartões, mas da Jéssica? Sério mesmo? E ele ainda respondeu todo simpático... Não consegui segurar e fechei a cara pelo resto do dia.

É incrível como os garotos são burros e não percebem quando você está brava. Ele achou que eu estava quieta e ficou lá de boa, sentado do meu lado sem falar absolutamente nada até a hora em que bateu o sinal pra irmos embora.

— Tchau, Bibi! Até amanhã.

— Sério, isso, Leandro? Você não percebeu nada? — perguntei indignada.

— Você tá brava? — ele indagou, confuso.

— Sim! Você melhor do que ninguém sabe as coisas que a Jéssica fez e faz comigo e ainda aceita aquele cartão todo simpático?

Ele deu uma risadinha. Uma risadinha linda, mas eu não ia falar aquilo.

— Meu, Bibi...

— Você ainda dá risada! — Eu o cortei. — Tchau, Leandro!

Saí andando e fui pra casa.

* * *

Eu ainda estava bem irritada, mas não queria descontar em ninguém em casa, então fiz o máximo pra ficar de boa. Joguei com o Gagui, jantei e depois fui pro quarto fazer minhas tarefas da escola.

Quando tirei o meu caderno da mochila, caiu um papel de dentro dele. Vi que era um cartão igual ao que a Jéssica tinha dado pro Leandro. Na hora pensei que ele tinha colocado na minha mochila pra me provocar e fiquei com muita raiva, mas, quando abri...

Eu sabia que cê ia ficar meio chateada com tanto casal pra todo canto da escola, mas relaxa, já, já a gente faz dezoito anos e namora! Ass: Leandro.

Sabe quando você quer, mas não consegue ficar mais brava com alguém? Foi exatamente o que aconteceu. Eu só conseguia sorrir. Decidi pegar o celular e mandar mensagem pra ele:

Bibi: Não acredito que você fez isso!

Eu sabia que cê ia ficar meio chateada com tanto casal pra todo canto da escola, mas relaxa, já, já a gente faz dezoito anos e namora! Ass: Leandro.

Lê: Gostou? Hahaha

Bibi: Eu deveria estar brava com você! Mas, sim, eu gostei. Hahaha

Lê: Mas eu não fiz nada! Ela que me deu o cartão e eu não podia recusar

Bibi: Mas não precisava ser fofo daquele jeito, né?!

Lê: Eu fui normal...

Lê: Tá com ciúmes, é? Achei que cê só ia querer algo aos dezoito anos hahahaha

Bibi: Não! Idiota! Eu só... sei lá

Lê: Relaxa, Bibi

Lê: Deixa rolar... Que bom que você gostou do cartão 🖤

Bibi: Eu amei...

Depois disso, continuamos conversando e eu até esqueci de fazer a tarefa. Não tinha como parar uma conversa gostosa daquelas.

Eu estou sentindo algo muito estranho. Não sei bem explicar. É como se eu me sentisse melhor quando ele está por perto.

Bom, depois do Dia dos Namorados mais estranho da minha vida, vou dormir – ou tentar, né? Melhor eu colocar um fone e ouvir umas músicas até cair no sono.

Ai, coração!

Ufa! Finalmente, em casa!

Como imaginei, esta foi a MELHOR viagem da minha vida e fiz tanta coisa que nem tive tempo pra escrever.

Nova York é maravilhosa, eu amei tudo! Estátua da Liberdade, Times Square, Central Park, tudo, tudo, tudo!

Fora que eu nunca vi um lugar com tanta música como Nova York, fez com que eu me apaixonasse ainda mais pela cidade. No Central Park, em todo canto tinha algum artista de rua mostrando seu talento e, cara, eles eram demais. E tem a Broadway, né? Duas das minhas paixões, teatro e música, em um lugar só. Dá vontade de morar lá!

Eu aproveitei a viagem do início ao fim, tanto os momentos lá quanto as longas horas nos aviões da ida e da volta. Ver o mundo de cima enquanto todos dormiam me fez pensar em muita coisa e me inspirou a terminar aquela música que comentei um tempo atrás; estou amando o resultado:

Eu vou acordar numa manhã de domingo
Abraçar os meus pais

Dar bom dia sorrindo

Fazer algo por alguém

Mais ou menos assim

Algo que eu também quisesse que fizessem por mim

Eu vou ser alguém de que os meus pais possam se orgulhar

Alguém em quem as pessoas possam se inspirar

E é de pouco em pouco que esse mundo vai mudar •

Vai mudar

Esse é só um trechinho, mas consegui passar o que eu queria com essa música. Meus pais me dão liberdade pra eu tentar ser o que eu quiser e, por isso, não posso e não vou decepcioná-los!

A única coisa que não foi perfeita nessa viagem foi meu WhatsApp. No dia a dia, não tive tempo nem pra pensar nisso, mas agora, em casa, percebi que estou morrendo de saudade de conversar com o Lê.

Quase não conversamos nos últimos quinze dias, mas acho que é porque ele não queria atrapalhar a viagem... Pelo menos foi o que fiquei repetindo pra mim mesma. Mas podia ter mandado pelo menos algumas mensagens, né?

Não vou falar nada. Também não fui atrás e não posso cobrar ninguém. Eu ia dar um gelinho, mas pra quê? O mundo seria muito melhor se as pessoas não fizessem joguinhos, então, vamos!

Bibi: E aí, Lê?

Bibi: Como foram as férias? A gente nem conversou, meu ☹

E já se passaram duas horas e ele nem entrou no Whats. Fiquei um pouco chateada, mas ele deve estar dormindo, coisa que eu deveria fazer também, afinal, amanhã voltam as aulas, mas não estou conseguindo pegar no sono por causa dessa porcaria de fuso horário.

Nossa, o segundo semestre já vai começar!

1º de agosto

Acordei e nada de mensagem do Leandro. Ele nunca foi muito ligado nessas coisas de Whats mesmo; na escola a gente conversa.

Cheguei atrasada. Pegamos aquele trânsito de volta às aulas. Entrei na sala e já estava todo mundo sentado, claramente chamei atenção. Estava indo pro meu lugar e vi que tinha alguém sentado. Quando eu ia falar pra pessoa sair, o professor me chamou.

— Senhorita Bianca, você já chegou atrasada e ainda fica demorando pra sentar? Sei que é o primeiro dia, mas temos que levar a sério, vamos, sente-se aqui. — Ele puxou uma cadeira lá na frente.

Olhei pro Leandro, que sorriu pra mim e fez sinal pra eu relaxar.

Fiquei a aula inteira sem conseguir prestar atenção, eu queria matar a saudade dele e só conseguia pensar nisso.

O sinal pro intervalo bateu e eu corri para ir falar com ele. Demos um mega-abraço, mas algo estava diferente.

— Que saudade, Lê! — falei, sorrindo.

— Também estava. Como foi a viagem? — ele perguntou, também sorrindo.

— Foi ótima, depois te conto tudo! Você dormiu cedo ontem? Te mandei mensagem quando cheguei em casa.

— Dormi, sim, eu tenho dormido cedo ultimamente, sabe, pro futebol! Aí, vi hoje de manhã, mas resolvi deixar pra conversarmos pessoalmente, você sabe que eu gosto mais assim!

— Entendi. — Entendi mais ou menos, né? Aceitei, porque não tinha muita escolha. — E suas férias? Como foram? — perguntei enquanto caminhávamos até a quadra pra encontrar com Pedro, Ju e Gabi.

— Foram bem normais, não fiz nada muito diferente.

Ele estava falando normal comigo, mas eu sentia que alguma coisa estava errada. Era como se ele estivesse meio distante da realidade. Sei lá, não sabia explicar.

— Tá tudo bem, Lê?

— Tá sim, pode ficar tranquila. Estou meio sei lá hoje.

Esse "estou meio sei lá" é quase um pedido de socorro pro Leandro. Desde criança ele faz isso. Eu ia insistir no assunto, mas chegamos à quadra e nos encontramos com o pessoal.

— E aí, gente! Como vocês estão? — perguntei, enquanto todo mundo se abraçava pra matar a saudade.

— Bem, e vocês? — a Ju disse.

Começamos a conversar sobre as férias e sobre como o ano tinha passado rápido até aquele momento. Pela primeira vez, o Leandro não foi jogar e ficou lá sentado com a gente, apesar de falar pouco.

O sinal bateu e voltamos pra sala. Não vi a Jéssica hoje. Ela podia muito bem ter trocado de escola, mas isso não deve ter acontecido. Sou sortuda, mas nem tanto.

O resto do dia foi bem comum, agora à noite, não aguentei e mandei uma mensagem pro Leandro:

Bibi: Foi muito bom te ver hoje! Eu não sei o que houve, mas, se quiser conversar, saiba que tô aqui sempre!

Lê: Eu também gostei muito! E fica tranquila, só estava meio cansado. Tá tudo bem!

Lê: E obrigado. Você é demais ❤

Bibi: Nós somos ❤

Espero que seja cansaço mesmo, e, embora eu não acredite muito, achei melhor não insistir. Ele nunca foi de falar muito sobre seus problemas, nada melhor que o tempo pra resolver isso.

De toda forma, sempre vou estar aqui pra ajudá-lo e isso é o que importa. A vida nem sempre é fácil, mas com um amigo do lado, tudo fica mais leve.

Uma hora, ele vai perceber isso!

13 de agosto

A vida de adolescente é cheia de altos e baixos. As coisas podem mudar de uma hora pra outra, deixando todo mundo sem entender nada... E foi isso que aconteceu.

Antes das férias estava tudo indo maravilhosamente bem, aí viajei. Quando voltei, tudo estava diferente por aqui. Tá, estou exagerando, não tudo, só o Leandro. Ah, é que vê-lo desse jeito, com um olhar triste e avoado, faz com que eu queira fazer alguma coisa pra ajudar, mas ele anda tão fechado que nem sei por onde começar. Mesmo ele culpando o futebol pelo cansaço e dizendo que está tudo bem, ele não me convence.

A única hora em que vejo um sorriso sincero é quando ele está jogando bola no intervalo. É como se fosse uma válvula de escape dele. No resto do tempo, parece que está apenas existindo e se deixando levar pela vida.

Já eu, estou assustada. Não consigo me concentrar direito em quase nada. Isso tem consumido meus pensamentos.

Hoje foi dia de ensaio e acordei preocupada porque faltam menos de três meses pro festival. Meus problemas de concentração têm atrapalhado até nisso.

Quando entrei no nosso estúdio, Pedro estava sozinho e com uma cara bem triste. Pelo visto, não sou só eu que estou tendo umas semanas ruins.

— O que foi, Pê?

— Nada, Bibi, tá tudo bem.

Por que esses garotos sempre fazem isso?

— Pedro, tá na sua cara que não tá tudo bem. Não adianta você falar que tá! Vai, fala logo. Já basta o Leandro.

Ele encarou o nada por alguns segundos, como se estivesse procurando as melhores palavras pra expressar o que estava sentindo, mas nenhuma era boa o suficiente. Por conhecê-lo bem, imaginei qual era o problema, mas tinha que partir dele.

— São meus pais, Bibi. Mais especificamente, meu pai. Ele acha que sou diferente demais, e sou mesmo, todo mundo é, né? Mas pra ele, isso é um problema e fico me sentindo como se não me encaixasse. — Ele deitou a cabeça no meu ombro e começou a chorar.

Enquanto eu olhava pra ele pensando no que falar, a Ju chegou toda sorridente. Assim que o viu daquele jeito, na hora percebeu o que estava acontecendo, olhou pra mim e apenas confirmei com a cabeça.

Pedro nunca andou com outros garotos. Nós fomos praticamente suas únicas amigas por muito tempo. Alguns garotos da escola pegam no pé dele por causa do jeito como se veste e fala, e ficam chamando de nomes que não vale a pena escrever aqui. Em geral, são palavras pejorativas para gay.

— Olha, Pê, você não é diferente por ser quem é. Como você mesmo disse, cada um tem algo de diferente, né? Em um mundo de pessoas ruins como o nosso, os iguais não são capazes de fazer as mudanças que precisam ser feitas. Ser diferente é bom. Você é nosso melhor amigo, nós te amamos, assim como sua família também te ama e isso é o que importa! — respondi, enquanto fazia carinho na nuca dele.

— Eu sei disso e também amo vocês, mas acontece que eu não aguento mais o meu pai me olhando como se eu estivesse vivendo da maneira errada. O olhar dele me atinge e faz com que eu me sinta o maior erro do mundo.

— Você não tá errado, Pedro! — Ju interrompeu, bem brava por ele se colocar pra baixo daquele jeito. — Meu, ele é o seu pai. Ele te ama, é tudo uma questão de conversa. Você não precisa falar nada se não estiver pronto ainda, mas não ache que ele vai deixar de te amar por isso.

— A Ju tá certa, Pê. A maioria dos pais são assim mesmo. Eles sabem o filho maravilhoso que têm! — falei, e ele finalmente sorriu.

— Vocês são demais, meninas. A situação é bem complicada e não será hoje nem amanhã que vou me sentir 100% bem pra resolver tudo, mas é bom saber que vocês vão estar sempre aqui!

— Quer saber? Ensaio cancelado hoje. Vamos comer porcaria e ver filme. Você merece uma folga! — Dei a ideia. — Semana que vem a gente ensaia em dobro!

— Fechado — eles responderam juntos.

E foi o que fizemos. O ocorrido me mostrou que não posso me dar ao luxo de ocupar minha cabeça toda com o Leandro. Pedro estava mal e não percebi antes.

Não posso mais fazer isso. Ele que me conte o que está acontecendo, quando ele quiser, mas agora eu preciso focar nos meus amigos e na minha música. Nada pode atrapalhar isso, nem mesmo o Leandro!

1º de outubro

Incrível como o segundo semestre na escola passa mais rápido que o primeiro, né? Pisquei e já é outubro, e, além da rapidez, tudo está bem diferente. Ando bem mais quieta na sala, mas me acostumei. Minhas notas têm melhorado e até tenho algumas ideias pra músicas durante as aulas. Estou conseguindo me concentrar mais nas minhas coisas, mas continuo preocupada com o Leandro. Agora, ele tem faltado no mínimo umas duas vezes por semana e isso é muito! Queria realmente entender o que está acontecendo.

Tanto minha família quanto meus amigos falam pra eu relaxar e que é assim mesmo, as pessoas têm seus momentos particulares. Estou respeitando, mas sinto falta das conversas, das risadas no meio da aula, das broncas que levávamos por conversar demais, de quando ele fazia um gol no intervalo e apontava pra mim. Apesar disso, sigo dando o melhor de mim em outras áreas da minha vida, sem me deixar consumir pela preocupação.

As coisas com o Pedro parecem que vão caminhando melhor. Ele contou meio que sem contar pra mãe, mas acho que ela entendeu o recado e conversou com o pai dele, porque o Pedro disse que as coisas estão bem melhores. Eu não consigo nem imaginar como ele vinha se sentindo, afinal, mesmo nos momentos em que eu não tinha nada, eu ainda tinha minha família e, na cabeça dele, nem isso tinha mais.

Bom, a cada dia que passa, nossa banda está melhor. Hoje eu estava aqui dedilhando no violão a música que vamos cantar, quando Gagui chegou e disse:

— Tá ficando muito boa! Por que você não aproveita que vai ser uma apresentação grande e filma e posta no canal?

— Eu não sei, Gagui. É uma música autoral e tem que ver se a galera topa, também, porque vai todo mundo tocar e trabalhar a música, não só eu, então, sei lá.

— Foi uma ideia. De qualquer jeito, vou filmar no dia, caso você mude de ideia.

— Tem que filmar mesmo, porque aí, quando eu ficar famosa, vamos ter esse vídeo pra lembrar aqui do começo!

— Ficar famosa? Pra você, é complicado, Bibi, todas as cantoras que vejo por aí são mó bonitas e você... Bom, você tem saúde!

— Cala a boca, Gabriel! — Levanto, fingindo que vou bater nele, e ele sai correndo.

Esse moleque me inferniza, hein? Mas eu amo ele, só não o deixe descobrir!

17 de outubro

FALTAM 15 DIAS PRO FESTIVAL E EU ESTOU SURTANDO!

Sério, meu, achei que não ficaria nervosa nem nada, mas agora que está chegando perto, eu estou nervosa sim, e não é pouco. Só vamos ter mais dois ensaios, então temos que finalizar tudo, porque é agora ou nunca. Confesso que estou tão tensa que estou deixando as outras pessoas nervosas também, mas não estou conseguindo me controlar.

A galera concordou de a gente postar o vídeo da apresentação no meu canal. Por mais que não seja o conteúdo que costumo fazer, o meu pequeno público sabe que gosto de cantar, e tanto o Pedro quanto a Ju acharam que é uma maneira legal de divulgar, aí, fechamos.

Como se não bastasse o nervosismo pelo festival, começou a época de provas na escola e, com isso, as tardes de estudo com a Ju. Temos passado quase o dia todo na escola pra uma ajudar a outra na matéria, mas ela me ajuda muito mais porque ela é, tipo, MUITO inteligente!

Vocês não imaginam como a minha cabeça está a mil com tudo isso.

Hoje estava sendo mais uma tarde de estudos normal com a Ju até que decidimos fazer uma pausa pra ver o Jorginho, que entrou no time de futebol no meio do ano. Eu estava nervosa porque sabia que ia ver o Leandro e fazia três dias que ele não ia pra escola, mas os meninos falavam que, no treino, ele nunca faltava. Eu esperava que ele não pensasse que eu estava invadindo o espaço dele ou algo do tipo.

Chegamos ao ginásio e, pra nossa surpresa, nenhum dos dois estava lá.

— Ele me disse que estaria aqui — Ju falou sobre o Jorginho.

— O Leandro também não está, e ele nunca falta no treino — respondi.

— E aí, meninas, como estão hoje? — o treinador perguntou, vindo até nós.

— Bem. Treinador, o Jorginho não veio hoje? — a Ju perguntou, tentando não aparentar preocupação, mas eu a conheço bem, né?

— Veio, sim, ele saiu mais cedo com a Jéssica, que estava assistindo ao treino, como sempre. Esses dois... vou te contar, viu? Só uma garota pra tirar um menino do futebol mais cedo.

— De novo, isso... — a Ju murmurou e saiu do ginásio, sem falar mais nada.

O treinador ficou olhando enquanto coçava a cabeça.

Eu estava mal. É... parecia que toda aquela preocupação que eu tinha aprendido a controlar tinha voltado, ainda mais forte. Eu estava decidida e ia falar com o Lê quando chegasse em casa, mas naquele momento eu precisava ajudar a Ju.

Corri atrás dela até o banheiro e, quando entrei, ela estava olhando pro espelho, chorando.

— Eu não aguento mais isso. Por que sempre acontece comigo? O que eu tenho de errado?! — As palavras se misturavam com soluços enquanto ela falava.

— Olha, Ju, você é umas das meninas mais... Uma, não, você é *a* menina mais inteligente, linda e bem resolvida que eu conheço e, sinceramente, eu sei que nada do que eu falar vai mudar ou amenizar sua dor neste momento, mas não vou deixar você achar que o problema está em você. Ele é um babaca, não você. Ele que não sabe dar valor pra um relacionamento, não você. Ele que vai ser sempre infeliz, porque não consegue se sustentar em uma relação, não você. E o mais importante, ele que perdeu uma das melhores pessoas do mundo, não você! — falei, enquanto enxugava as lágrimas dela.

Naquele momento, eu era uma bomba de sentimentos: não sabia se sentia tristeza por ver ela daquele jeito, raiva do Jorginho, nojo da Jéssica ou preocupação com o Leandro.

— Você é um anjo, Bibi — ela respondeu, enquanto tentava parar de chorar. — Não é fácil me sentir assim. Ele diz que eu não sou magra o suficiente, não sou loira o suficiente, não sou boa o suficiente. — Ela começou a vomitar todas aquelas palavras e eu fui sentindo a vontade de descer a porrada naquele moleque crescer. — Nas nossas conversas, ele sempre faz parecer que a culpa é minha, mesmo quando ele erra. E eu não entendo o que há de errado comigo, porque acredito nele e fico mal. Toda vez. Eu queria muito nunca mais olhar na cara dele, mas não consigo, eu gosto dele.

— Eu te entendo, seria tudo muito mais fácil se os sentimentos tivessem um botão de desligar, mas, infelizmente, não é assim. Dê tempo ao tempo, Ju, é o que meu pai sempre diz. Essas coisas são complicadas e não é do dia pra noite que você vai superar. Você é forte e sabe disso, então, mostre essa força para o mundo! No fundo, bem lá no fundo, você sabe que, se ele faz essas coisas, nunca foi amor e, se não é amor, não vale a pena.

Ela abaixou a cabeça, como se estivesse absorvendo tudo que tinha acabado de ouvir. Uma expressão de tristeza, de quem está tentando se conformar com a situação, dominava o seu rosto.

— Você tem razão... — Ela olhou nos meus olhos. — Você é a melhor amiga do mundo. Amo você!

— Também te amo! Agora, levanta essa cabeça e vamos pra casa, já deu de estudo por hoje!

— Você tem razão. — Ela tentou sorrir.

Eu, sinceramente, não entendo esse tipo de coisa, acho que nunca vou entender os garotos. Um tinha a melhor garota do mundo do lado e fez isso; o outro está com algum problema e, em vez de falar com seus amigos, fica se fechando e se afastando de todo mundo.

Vim a pé pra casa hoje. Não moro longe e gosto de caminhar pra organizar os pensamentos. Quando estava quase chegando, resolvi passar na praça pra comprar açaí de uma moça que vende em um carrinho por ali.

Quando fui sentar em um dos banquinhos pra comer, vi o Leandro sentado sozinho com uma bola nos pés. Meu coração disparou, mas eu não pensei duas vezes e fui lá sentar ao lado dele.

— Quer um pouco de açaí? — ofereci, enquanto sentava.

Ele tomou um susto, estava de cabeça baixa e com fone de ouvido, então não me viu chegar.

— Não, valeu. — Ele deu um meio sorriso, tentando disfarçar a tristeza que estava clara nos seus olhos.

— Lê, o que está acontecendo? Não adianta falar que está cansado, que nem ao treino você tá indo. Você se afastar, tudo bem, eu achei que o problema era comigo e fiquei triste, mas depois de um tempo deixei de lado. Mas faltar aos treinos? Isso você nunca faria, você ama futebol!

— O problema não é com você. — Sua expressão ficou mais suave, como se ele quisesse muito me mostrar que o que dizia era verdade. — Me desculpa por você achar isso. Tem muita coisa acontecendo, Bibi, e eu não quero incomodar ninguém com os meus problemas, então, resolvi me afastar.

— Você não vai me incomodar nunca, Lê! — Peguei na mão dele. — Pode falar o que quiser, sempre! — Sorri.

Ele olhou pro nada por alguns segundos enquanto o vento da praça bagunçava seus cabelos, aí respirou fundo e disse:

— Meus pais estão se divorciando, Bibi. Eles ainda não me falaram nada, mas eu não sou idiota. Eles gritam quando estão brigando, o que tem acontecido muito ultimamente, e eu escuto tudo. Parece que nas férias, enquanto meu pai viajava a trabalho e eu estava com meus tios, minha mãe o traiu e ele descobriu porque chegou mais cedo de viagem. Eles até tentaram ir levando, mas parece que não conseguiram e, na última terça, eu ouvi meu pai pedindo divórcio e ela aceitando. Aí, comecei a faltar direto na escola e adivinha? Eles nem perceberam ainda. Em casa, o clima está horrível, então tenho passado o dia todo aqui na praça.

Naquele momento, todos os meus problemas sumiram e eu só conseguia me concentrar nele. Nunca o vi daquele jeito, eu precisava ajudar.

— Olha, eu não posso falar que sei o que você está sentindo, porque não sei, mas de uma coisa eu tenho certeza: não importa o problema por qual passamos, nossos amigos sempre vão estar lá, nem que seja apenas pra ouvir.

— O problema, Bibi, é que tudo isso veio junto com esse sentimento por você que me apareceu, mas no momento eu só consigo pensar nos meus pais e não achava justo com você!

Garotos, espécie única que, quando começa a ter sentimentos por alguém, some! Vai entender.

— Leandro, nós temos uma vida inteira pela frente. Eu entendo que você só consegue se concentrar nos seus pais agora, e tudo bem! Nós não precisamos de mais nada agora, só de um ao outro por perto, não importa se for como amigos ou outra coisa. Eu estou com você pro que der e vier. Vamos deixar rolar e ver o que acontece, não adianta ficar pensando demais nisso. Essas coisas simplesmente acontecem.

— Você tem razão. Confesso que ficar longe de você só piorou as coisas. — Ele sorriu, desta vez com certa alegria nos olhos.

— Por aqui também não foi nada fácil. — Sorri de volta. — Vamos lá pra casa tomar um café e jogar videogame pra relaxar? — perguntei.

— Claro! Pronta pra perder?

— A T A!

Passamos o resto da tarde nos divertindo e relaxando.

Era como se nunca tivéssemos nos afastado. Até minha mãe, quando nos viu chegando, sorriu como se fosse assim todo dia.

Tudo vai se acertar. Depois de um dia cheio de "Bibi conselheira", vamos dormir, porque algo me diz que essa vai ser uma boa noite de sono, coisa que não tenho há muito tempo.

30 de outubro

A professora Felícia entrou na sala já pedindo silêncio. O pessoal estava descontrolado. O festival é amanhã, e hoje, na escola, só se falava disso.

Como não podíamos conversar, enquanto a professora explicava a lição, o Leandro esticou um papel bem dobradinho entre as mesas. Nossos dedos se tocaram e eu sorri pro rosto já sorridente dele. Eu sentia como se um algodão-doce morasse na minha barriga.

Abri bem devagar, na maior expectativa.

Já tá sabendo que a banda da garota mais linda e incrível do colégio vai ganhar o festival?

Peguei minha caneta e escrevi embaixo:

PUXA, E QUEM É ESSA SORTUDA?

Demorou só alguns instantes e ele me devolveu o bilhete.

Não tem mais espelho em casa, não?

Não consegui segurar uma risadinha e tomei uma bronca da Felícia, mas... aaaaaaah, valeu cada segundo!

Ainda estava curtindo a sensação boa quando senti o olhar da Jéssica em mim. Olhei de relance pra ela e, nossa, nunca vi tanta raiva em um só lugar. Ela continuou me encarando e disse a palavra "gorda" com os lábios, sem emitir nenhum som.

Meu coração apertou um pouquinho e tentei afastar aquela nuvem negra. O problema é que havia algo naqueles olhos que brilhavam como uma placa de neon. Um sinal de alerta que dizia que eu devia me cuidar.

Não vou ter medo dela. Não vou deixar uma bully dessas me abalar. Se ela fizer qualquer coisa ruim, vou contar pra diretora. Não podemos nos calar quando tentam nos colocar pra baixo usando bullying. Fui ensinada a lutar e é isso que farei.

31 de outubro

Tinha chegado o grande dia!

Eu não estava acreditando que finalmente era hoje. Todos os ensaios, todas as noites que passei acordada compondo, todas as confusões relacionadas a sentimentos neste ano... E tudo pra chegar exatamente neste momento. Nós nos esforçamos muito, agora era só ir lá, cantar e, se tudo desse certo, ganhar! Chegava a dar frio na barriga!

Terminei de me arrumar, desci pra sala e lá estava meu pai, me olhando com a maior cara de orgulho.

— Você está parecendo uma princesa!

— Eu estou me sentindo um pouco estranha com essa roupa, mas obrigada! — Sorri.

— Meu Deus, como você está linda! — Minha mãe chegou na sala.

— Ai, que exagerados vocês dois!

— Sei que você não gosta muito desse estilo de roupa, e não tem nenhum problema nisso, mas é legal te ver vestida assim.

O traje do festival era esporte fino e eu estava com um vestido preto bem simples e com uma maquiagem linda! Confesso que, no começo, estava sentindo que não era eu, sabe? Como se eu não pudesse me vestir assim, mas aí percebi que não precisamos ser uma coisa só a vida inteira. Não acho que eu estava vestida como uma princesa como eles disseram, mas me achei bonita, sim.

Não sabia dizer se estava nervosa ou não. Acho que não nervosa, mas ansiosa. Muito. Eu amo cantar, mas ia ser a primeira vez que cantaria pra um público grande e, ainda por cima, seria uma música autoral.

Meus pais adoram chegar cedo às festas pra pegar a melhor mesa, então fomos uns dos primeiros. Aos poucos, a galera toda começou a aparecer. Todo mundo bem arrumado. Era engraçado ver até os meninos daquele jeito.

Fiquei reparando na decoração e na cara de todo mundo até que, do nada, alguém cutucou o meu ombro. Era o Leandro:

— Nossa! Você tá... diferente.

— Um diferente bom? — Dei um sorriso tímido.

— Claro! Você tá linda! — Ele sorriu de volta.

— Você veio como? — perguntei.

— De Uber! Meus pais não quiseram vir, mas eu não podia deixar de ver a apresentação da minha banda favorita. Mas e aí? Nervosa?

— Um pouco... Na verdade, não sei.

— Eu vi ali no cronograma que vocês são os últimos a se apresentar, né?

— Claro, tem que fechar com chave de ouro, né? — brinquei. Na verdade, foi sorteio.

Caminhávamos pelo salão, olhando a decoração enquanto conversávamos. O festival era na nossa escola mesmo, mas ela estava toda diferente, com umas luzes meio discoteca dos anos 1980, sabe? Acho que é pros nossos pais se lembrarem da infância ou algo do tipo.

Estava tudo bem até a Jéssica passar por nós com uma cara de vitória. Ignorei a rainha gelada, mas ela não ia ficar calada, né? Voltou até estar bem perto de mim e perguntou:

— Pronta pra perder hoje?

— Boa noite pra você também, Jéssica! — respondi com um sorriso cínico, confesso.

— Hoje, não, Jéssica — Leandro interrompeu, surpreendendo nós duas. — Curte o festival com suas amigas, e que vença a melhor.

— A melhor vai vencer, mesmo. — Sabe quando falam "olhar que, se pudesse, matava"? Então, era esse. Senti até um frio na barriga.

Ela tinha muita certeza ao falar e isso me fez pensar no que será que ela tinha em mente.

— Vamos aí, Bibi! — Leandro segurou meu braço e saímos. — Eu sei que você é a melhor, mas não precisávamos humilhar, né? — ele cochichou no meu ouvido e começamos a rir.

Tudo estava maravilhoso, Leandro conseguiu conter minha ansiedade e vinha sendo o melhor "primeiro encontro" do mundo. Talvez ele não soubesse, mas aquilo era sim um "primeiro encontro"!

A única coisa que me preocupava era: nada dos meus amigos chegarem. Até perguntei pra Gabi, que estava com os pais, se ela tinha alguma notícia deles. Tentei respirar fundo algumas vezes, até que decidi voltar pra mesa e mandar outra mensagem no grupo. Quando peguei meu celular, vi que já tinha uma mensagem e eu não tinha visto. O vestido não tinha bolso e meu celular estava com meus pais.

A primeira mensagem era um áudio do Pedro chorando:

Gente, me desculpa, do fundo do meu coração, mas eu não vou poder ir ao festival. Agora há pouco meu pai perguntou com que garota eu ia ficar hoje e achei que era o momento de falar que não gosto de garotas desse jeito. Achei que ele ia reagir de boa, mas ele surtou. Acho que ele sabia e não queria acreditar, sabe? Estou destruído aqui, sem condição psicológica nenhuma de sair de casa, e sem falar que estou meio que de castigo. Me desculpem, mesmo...

Meu coração apertou de desespero. Pedro mal conseguia respirar de tanto que chorava. O Leandro viu minha cara e perguntou o que tinha acontecido. Eu não consegui abrir a boca. Logo, chegou um áudio da Juliana.

Eu não sei nem como falar. Sei que estou sendo a pior amiga do mundo, mas também não vou ao festival. Conversei com o Jorginho pra irmos juntos e ele falou pra parar de encher o saco e que ele ia ao festival com a Jéssica. Aí eu comecei a chorar e comer, comer, comer tudo que tinha em casa. Agora, estou passando mal. Minha mãe me viu naquele estado, conversamos e ela disse que não posso ir ao festival, que preciso cuidar de mim primeiro. Não sei o que fazer, gente. Vou ficar pior se encontrar os dois juntos. Me desculpem.

As lágrimas queimavam, querendo sair. Eu não podia acreditar no que estava acontecendo. O pior é que, naquele momento, meu primeiro pensamento era o de defender a minha amiga.

Fui até a mesa da Jéssica e lá estava o bendito Jorginho.

— Olha só, você é um idiota!

Ele se levantou da cadeira, querendo me intimidar.

Leandro se posicionou ao meu lado.

— Senta aí. Nem sei o que você fez ainda, mas coisa boa não foi!

A Jéssica me olhava com aquele sorrisinho vitorioso dela e eu não pude mais segurar, corri até a parte externa da escola e comecei a chorar. O que eu ia fazer? Será que todos os ensaios, todos os momentos vividos este ano foram à toa? Eu estava desesperada.

Mais uma vez, me senti numa mistura de sentimentos gigantesca. Ao mesmo tempo que estava desesperada com o que faria com o festival, não podia culpar nem o Pedro, nem a Ju. Eles tinham motivos importantes pra não virem.

Depois de uns minutos chorando e andando pra lá e pra cá na parte externa da escola, com o Leandro tentando me acalmar, consegui organizar meus pensamentos e mandei um áudio no grupo. Eu ainda estava desesperada, mas não podia deixar eles perceberem:

Olha, gente, eu entendo o que aconteceu e tudo bem, eu vou tentar dar um jeito de cantar representando a gente ou ver se a gente pode se apresentar outro dia. Sei lá, mas vou tentar! Parem agora de pedir desculpas. Queria estar aí com vocês. Eu prometo a vocês que esses problemas vão se resolver. Agora, eu vou lá falar com o professor Matheus pra ver o que faço. Tentem melhorar porque nenhum de vocês dois merece ficar sofrendo assim.

Enviei o áudio e entreguei meu celular pro Lê.

— Tá mais calma? — ele perguntou.

— Não. Não sei bem o que fazer. Acho que vamos ser desclassificados e isso me deixa chateada demais — Funguei, admito. Estava bem triste —, porque é como se todo o trabalho, todos os ensaios e tudo mais fossem jogados fora, mas tenho que tentar fazer alguma coisa. Não seria quem sou, se desistisse assim tão facilmente.

— Olha, Bibi, eu conheço praticamente todo mundo desta escola e já vi quem vai se apresentar cantando. Você é a melhor, só quero que saiba disso! — Ele sorriu. — E a mais bonita também!

Apenas sorri de volta e não respondi nada. Ficamos nos olhando por alguns segundos. Ele tocou meu rosto devagar. Prendi a respiração e...

— AQUIIIII estão vocês! — O Gagui apareceu, batendo com os sapatos no chão, fazendo o maior barulhão e nos assustando.

Dei o maior grito e, quando já ia brigar com meu irmão, ele saiu dando risada com os amigos. Ô, peste!

Bem, aquilo me lembrou do mais importante naquela hora. Entramos de novo no salão, que estava bem mais cheio do que quando saímos. Caminhamos até a mesa dos professores, que ficava ao lado do palco e, quando eu abri a boca pra chamar o professor Matheus, percebi que ele estava segurando a mão da professora Felícia, meio por baixo da mesa, sabe?

Aaaaah, moleque! EU SABIA! Meu coração de shipper queria gritar, mas me concentrei no que precisava:

— Professor, a gente pode conversar?

— Oi, Bibi! É claro. O que foi?

— Aconteceram dois problemas bem sérios na família do Pedro e na da Ju e eles não poderão vir pro festival. Será que tem como a gente se apresentar outro dia?

— Está tudo bem com eles? — ele perguntou, preocupado.

— No momento, não, mas vai ficar.

— Olha, Bibi, eu queria muito ajudar, mas, infelizmente a votação do festival é hoje, então não teria como vocês se apresentarem outro dia. — Ele apertou os lábios, parecendo mesmo triste pela gente. — Desculpe.

— E não tem como eu me apresentar representando eles?

— Não, porque você não foi inscrita como cantora solo, e sim como banda, e não podemos aceitar inscrições de última hora. Outras pessoas pediram pra se inscrever e, se eu deixar você, terei que deixar todo mundo. Isso atrapalharia o evento inteiro. Me desculpe, mesmo. Não posso fazer nada.

— Então, eu não posso cantar? Tem que ter algo que possamos fazer, professor! Por favor!

— Espera um segundo. — Ele se afastou pra falar com os outros professores.

— Eu não acredito nisso, Lê — falei pro Leandro.

— Fica tranquila, Bibi. Vamos ver o que o Matheus vai dizer. Olha lá a Felícia falando, certeza que ela vai te defender — ele comentou.

Minutos depois, Matheus e Felícia vieram na nossa direção.

— Talvez você possa cantar, mas não participará da competição — Matheus declarou e eu não entendi.

— Sei que não é o que você esperava, mas pelo menos os ensaios não serão desperdiçados — a Felícia intercedeu. — Nós sabemos o quanto vocês se esforçaram. Você faria o show de encerramento e poderia cantar uma música. O que acha?

— Ela aceita! — o Gagui respondeu atrás de mim, quase me matando do coração de novo.

Fiquei meio sem saber o que fazer na hora, então meu irmão continuou:

— Valeu, professor! Vamos lá ver o que ela vai cantar. Vamos, Bibi. — Ele me puxou pro meio do salão com o Leandro atrás de nós.

Sentamos em uma mesa que estava vazia e ele começou a falar:

— Escuta. O Pedro e a Ju me mandaram mensagem. Eles ficaram com medo de você desistir do seu sonho por causa deles. Ainda bem, né? Porque você já estava lá com cara de banana pros professores. Você vai se apresentar e vai arrasar. Beleza?

— Eu não sei se consigo sozinha, Gagui. Eu até queria, mas só de pensar... — Coloquei a mão na barriga, demonstrando minha apreensão.

— Se você quiser, eu vigio a porta do banheiro pra você soltar um barrão! — ele provocou e deu risada. Primeiro, quis bater nele, mas depois ri junto. — Eu vou lá com meus amigos e você se apronta. Nada de desistir. Não há desistentes na nossa família. Ia ser meio chato ter que te mandar embora de casa. Eu meio que estou acostumado com você, já. — Ele me deu uma piscadinha e se afastou, me deixando com o Leandro.

— Não sei... — respondi, mais pra mim mesma do que pra qualquer outra pessoa.

Saí do transe dos meus pensamentos quando o Leandro segurou minhas mãos.

— A menina por quem eu me apaixonei não tem medo de palco. Ela o ama!

Congelei por alguns segundos com o que ele disse e fui salva de ter que responder, porque as luzes se apagaram, o palco acendeu e Matheus subiu pra falar:

— Senhoras e senhores, agradeço a presença de todos vocês no nosso festival de música e o declaro aberto!

Segurei firme a mão do Leandro, olhei no fundo dos seus olhos e sorri. Eu não precisava dizer mais nada, ele sabia o que eu queria dizer.

As bandas começaram a se apresentar, e até que eram muito boas. Mas todas estavam cantando músicas já conhecidas, enquanto nós cantaríamos uma autoral. Fiquei um pouco chateada com o fato de não participar, mas tentei curtir aquele momento com o Lê.

Houve um momento em que me aproximei da mesa dos meus pais e eles me abraçaram. Nem precisaram dizer nada, eu sabia que o Gagui tinha contado.

— Senhoras e senhores, essa foi a última banda da noite. Agora, enquanto discutimos com os jurados da noite qual foi a vencedora, curtam o show de encerramento de nossa querida aluna, Bianca Tatto Marques!

Meus pais me olharam orgulhosos, como se eu ainda estivesse concorrendo ao prêmio.

Vi aquilo e congelei. Eu não conseguia andar até o palco, até que o Leandro colocou a mão no meu ombro e falou:

— Ei, você é a melhor, lembra? Vai lá e arrasa!

Pela minha cabeça, passou tudo o que foi preciso pra chegar ali. Todos os ensaios, a troca de sala, o apoio da minha família e dos meus amigos... Eu me enchi da coragem que vinha de cada uma das pessoas que confiava em mim e segui adiante. Eu podia não estar participando da competição, mas conseguiria passar minha mensagem!

Quando subi no palco e vi todas aquelas pessoas esperando pra me ouvir cantar, percebi o real motivo de estar ali e resolvi falar algumas palavras antes.

— Oi, gente. Como algumas pessoas aqui sabem, eu ia participar da competição com meus amigos, mas aconteceram algumas coisas e eles não puderam vir, então fui desclassificada. — Houve um burburinho perto das pessoas que gostavam de mim e dos meus amigos e, no meio da multidão, vi o sorriso de comemoração da Jéssica. Acho que ela pensou que me afetaria, mas só me deu mais força. — Eu não ia cantar nada hoje, mas aí percebi o real motivo pelo qual eu canto: amor. O mundo deixou de ser um lugar bonito há tempos, né? Tem tanta raiva e ódio gratuitos espalhados por aí. É com e por amor que talvez possamos melhorá-lo. Não estou aqui pela competição, não estou pelos aplausos, estou pra conseguir passar uma mensagem, e se eu atingir pelo menos uma pessoa esta noite, já basta pra mim. Então, vamos lá!

Comecei a dedilhar os primeiros acordes no violão com os olhos fechados. Quando abri, pra minha total surpresa, vi lá no fundo o Pedro e a Juliana, os dois sem roupa de festa: claramente tinham vindo correndo.

Chegou a hora e comecei a cantar a música que compus: "Manhã de domingo".

Quando terminei de tocar, abri os olhos, comecei a escutar os aplausos e gritos de todo mundo. Eles não tinham aplaudido ninguém assim antes de mim.

— Muito obrigada, gente! — disse no microfone.

— Bibi, Bibi, Bibi, Bibi! — todo mundo começou a gritar meu nome e a única coisa que eu conseguia fazer era sorrir.

Eu nunca tinha sentido tanta alegria e satisfação de uma vez só. Aquilo confirmou que a música é o que eu quero fazer pro resto da minha vida!

Desci do palco e lá estavam Pedro, Ju, Leandro, Gagui e meus pais!

— Você arrasou! — Gagui disse, todo empolgado. — Eu filmei tudo, o discurso, a música, os aplausos! Tá tudo gravado.

— Parabéns, filha! — meus pais falaram juntos.

— Você foi demais, meu! — Ju me abraçou. Seu rosto estava bem vermelho e eu sabia que ela tinha passado a noite chorando. Era muito importante que ela tivesse vindo me apoiar, mesmo assim.

As pessoas ainda não tinham parado de gritar meu nome, eu não sabia o que falar nem fazer, só o que sentir.

— Meu, como vocês vieram? — perguntei pro Pedro e pra Ju.

— O Leandro ligou pra gente falando que você ia se apresentar sozinha e que precisava do nosso apoio, então colocamos qualquer roupa e aqui estamos!

— Mas e a família de vocês? — perguntei.

— Está aí fora — a Ju explicou. — Acho que vai ser bom. Minha mãe está falando algumas verdades pro pai do Pedro.

— Outra hora falamos disso, vamos comemorar agora. — Pedro mudou de assunto.

Eu soube, bem depois, que minha mãe teve que convencer os pais deles. Todos se conhecem por causa das reuniões de pais na escola e festinhas em que sempre levam a gente.

— Eu falei que você ia conseguir! — Leandro disse, sorrindo.

— Graças a você! — Eu o abracei.

De longe, vi Matheus e Felícia. Os ganhadores foram uma banda do nono ano e a Jéssica saiu do salão empurrando todo mundo e batendo o pé. Acho que alguém não sabe mesmo perder.

Continuamos comemorando e conversando, até que um homem que eu nunca tinha visto antes veio à nossa mesa:

— Olá, Bianca, certo? — ele perguntou.

— Sim, mas pode me chamar de Bibi!

— Prazer, Bibi, meu nome é Fernando. Sou agente musical e amigo do seu professor Matheus. Gostei muito da sua atitude e coragem de cantar mesmo desclassificada, e da sua voz também! Queria saber se tem algum tempo pra gente conversar esta semana.

— Claro que tenho!

— Perfeito! Vou entregar meu cartão para os seus pais e marcamos.

— Beleza, eles estão bem ali. — Apontei pros meus pais e ele foi na direção deles.

E assim aconteceu a noite mais esperada do ano. Ocorreu tudo diferente do que eu imaginava, e ainda assim foi a mais feliz da minha vida!

4 de novembro

Sabe aquele clima de final de filme onde está todo mundo feliz e parece que todos os problemas estão resolvidos pra sempre? Foi assim depois do festival, as coisas iam tão bem que eu achei que não podiam melhorar, até hoje...

— Bibi, Bibi, Bibi! Acorda! — Gagui entrou gritando no meu quarto.

— Oi — respondi, sem entender nada. — O que aconteceu?

— Olha isso! — Ele pulou do meu lado na cama e me mostrou o notebook que estava em suas mãos.

Eu estava meio dormindo ainda. Quando olhei, vi que era uma página vermelha, mas toda embaçada. Aquela luz da tela quase me cegou. Limpei os olhos e percebi que era a tela inicial do YouTube, com vários vídeos no "em alta".

Por causa do sono, demorei um pouco pra perceber o que exatamente ele estava querendo me mostrar, mas quando vi, despertei no mesmo segundo e gritei:

— O QUÊ? O MEU VÍDEO CANTANDO NO FESTIVAL TÁ NO "EM ALTA"? E COM QUASE UM MILHÃO DE VISUALIZAÇÕES?

— SIM! Viralizou, Bibi! Olha o que estão dizendo e quantos inscritos você tá ganhando!

Cliquei no vídeo e rolei pros comentários. As pessoas tinham amado a música, todo mundo pedindo pra gravar e lançar! O pessoal apoiando o discurso que fiz antes de cantar e o número de inscritos no canal não parava de crescer.

— Mano, que demais isso! — Pulei da cama e abri a janela. — Eu não acredito que isso tá acontecendo, meu Deus! Com certeza, é muito melhor que ganhar o festival.

— Muito melhor! — Gagui completou.

— Eu preciso contar isso pra Ju e pro Pedro.

Abri o nosso grupo no Whats:

Bibi: MANOOOOOOOOOO, O VÍDEO DO FESTIVAL VIRALIZOU! Ganhei vários inscritos e a galera tá curtindo muito nos comentários.

Pedro: Aaaaah, que demais.

Ju: Aeeeeee!

Ju: Eu acho que a gente deveria sair pra comemorar. O que vocês acham? Eu tô bem melhor também. Minha mãe me colocou pra falar com uma psicóloga, fui ontem e tô amando!

Bibi: Que demais, gente!

Bibi: Vamos sair pra comemorar, sim. Vou chamar o Leandro, ok?

Pedro: Hmmmmmmmmmm. Só se finalmente forem como um casal!

Ju: Cala a boca, Pê! Chama ele, sim, Bibi!

Na mesma hora, saí da janela do grupo e mandei mensagem pro Leandro.

Bibi: Eiiii, vou sair com o Pê e a Ju pra comemorar. Vamo aí?

Lê: Claro! Mas comemorar o quê, exatamente?

Bibi: Tudo, as coisas se encaixando finalmente.

Bibi: Ah, e um vídeo meu viralizou e está no "Em alta" com quase um milhão de visualizações! Hahahah

Lê: QUÊ? Que demais, meu!

Lê: Vamos comemorar sim! Tenho um motivo muito importante pra comemorar também!

Bibi: Qual?

Lê: Finalmente as coisas estão andando entre a gente...

Lê: Achei que ia ter que esperar os dezoito anos!

Bibi: Não consegui resistir até os dezoito hahahahah

Lê: Eu sou irresistível mesmo! Hahaha

Bibi: Hahaha

Bibi: Se arruma aí que já, já toco na sua casa pra gente sair.

Lê: Beleza!

Me arrumei pra sair ouvindo e cantando várias vezes "Manhã de domingo", afinal, eu estava tendo a melhor manhã de domingo da minha vida.

Quando abri a porta de casa pra ir chamar o Leandro, ele estava parado, encostado em um poste, com uma florzinha amarela na mão.

— Eu sei que arranquei essa flor dali do mato — ele apontou pra uma parte da calçada onde um matinho sempre teimava em crescer —, mas foi porque, se eu saísse pra comprar uma rosa ou algo assim, não conseguiria te surpreender aqui.

— Ah, bobo. É linda. — Peguei a flor, que não era maior que o meu dedinho, entre minhas mãos.

— Estou orgulhoso de você, Bibi. Você me inspira.

— Inspiro? — Eu o olhei, sem entender.

— Sim. Foi um ano bem difícil pra gente, né? — Ele estava atenuando bem a situação. Foi difícil pra mim, mas, pra ele, tinha sido muito pior. — Te ver aguentando tudo aquilo e ainda subindo no palco, mostrando pra Jéssica que amor vale muito mais que ódio foi incrível. — Ele deu dois passos e ficou bem pertinho de mim, tocando meu queixo. — Você é incrível.

Dessa vez, mal deu tempo de prender a respiração e ele me beijou. Quando ele se afastou, meu coração estava descontrolado. Ele sorriu. Sorri pra ele. E mais nada...

— Eita que isso vai dar um vídeo lindo pro canal! — O Gagui passou pela porta e começou a correr antes que eu pudesse alcançá-lo.

Ah, deixa ele. Hoje, nada pode me irritar.

* * *

Combinamos de ir até o shopping pra comer e ir ao cinema.

Cheguei primeiro com o Leandro e o Gagui, e depois a Ju chegou com a Gabi.

— Cadê o Pedro? — Leandro perguntou.

— Ele não tá aqui ainda? — A Ju estranhou. — Disse que estava vindo com o pai.

— Sério? — perguntei, mas sem me preocupar. Depois que a mãe da Ju conversou com o pai do Pedro, ele ficou bem mais aberto a ter um diálogo com o filho. No fim, o amor prevaleceu. Ainda bem.

Esperamos por alguns minutos na frente do shopping até que o carro do pai do Pedro encostou e ele desceu.

— Me manda mensagem quando for pra vir te buscar — o pai dele disse, sorridente, o que nos deixou felizes.

— Beleza, pai! — Pedro respondeu sorrindo e fechou a porta do carro.

Conforme ele vinha caminhando, reparei que tinha algo diferente, era como se, pela primeira vez em muito tempo, o Pedro estivesse leve.

— E aí, youtuber famosa? — ele me cumprimentou.

— E aí, meu! Como estão as coisas?

— Bem, na verdade, muito bem. Hoje meu pai conversou mais comigo. Até chorou pedindo desculpas. Ele disse que falou o que falou e daquela maneira porque tem medo do mundo em que vivemos e que surtou, mas depois que caiu a ficha de que ele estava sendo pior que o próprio mundo, ele me pediu desculpas. Ele falou que quer se aproximar de mim e que me ama do jeito que eu sou.

— Que bom que tá de boa, mano! — Leandro colocou a mão no seu ombro. — E saiba que, não importa o que acontecer, estaremos aqui.

— Eu sei disso, eu me sinto muito mais leve, sabe? Por não estar mais escondendo nada da minha família. Por mais que eles mesmos já desconfiassem, é muito bom poder ser franco.

— Dá pra ver essa leveza na sua cara! Cê é demais, Pê! — a Ju disse e ele sorriu.

Este livro foi composto em Colaborate Thin. Impresso pela RR Donnelley
para a Editora Planeta do Brasil em julho de 2018.

— Bom, vamos entrar? Se não vamos perder o filme! — Gagui interrompeu. — Se eu deixar vocês conversando, logo mais vocês sentam em roda e começam a chorar.

— Bora, seu tonto! — respondi.

Saber que meus amigos estavam bem me deixava imensamente feliz.

Curtimos o resto do domingo no shopping e foi maravilhoso. Dias assim me fazem pensar em como eu sou sortuda.

Tenho amigos incríveis que sempre estão lá pra mim. Por mais que às vezes algumas brigas aconteçam, nada nunca é maior que nossa amizade.

Tenho uma família maravilhosa que me apoia em TUDO que eu faço, desde a música até fazer palhaçada em vídeos na internet.

E agora, depois deste ano que tinha tudo pra dar errado, tenho mais uma coisa provando que sou sortuda: um amor...

E foi assim que aconteceu... "O pior ano da minha vida" tem sido justamente o melhor.

É... pra tudo tem um jeitinho, se não estamos dispostos a desistir, não é?